El origen
del mundo

Gustavo Arango

El origen del mundo

Ediciones *El Pozo*
Oneonta, New York

© Gustavo Arango
Primera edición, México, noviembre de 2010.
Primera edición colombiana, mayo de 2011.
Primera edición U.S.A., agosto de 2020.

Ediciones El Pozo
37 Fairview Street, apt 4
Oneonta, New York
13820. USA

ISBN: 978-0-9986971-2-3

Printed in U.S.A.

a las musas del verano

Pues hay eunucos que nacieron así del vientre de su madre, y hay eunucos que son hechos eunucos por los hombres, y hay eunucos que a sí mismos se hicieron eunucos por causa del reino de los cielos.

El que sea capaz de recibir esto, que lo reciba.

Mateo 19, 10-11.

I

El aprendiz de viejo

Olvidada del tráfico, Regina danzaba en medio de la calle.

Estaba cruzando la calle, tranquila, inexpresiva, como cruza la calle tanta gente en todas partes, y justo en la mitad del recorrido, ahí donde la vida corría más peligro, empezó aquel delirio del cuerpo, aquel fuego fugaz y enardecido.

Fue un rapto inusitado que a ella misma la tomó por sorpresa.

Era una danza extraña, carente de armonía, como de quien se hunde entre las aguas. Sacudía los brazos como si le dijera adiós a mucha gente, como si no estuviera ya en esa agitada despedida. Era una llamarada en el asfalto que pocos presenciaron, que algunos observaron y olvidaron como algo que jamás había ocurrido.

Había visto a Regina venir desde lejos. Había disfrutado del placer de recorrerla con los ojos sin que ella se enterara. También iba a cruzar esa calle, en sentido contrario, pero al descubrirla al otro lado redujo la premura, se ocultó tras los arbustos, trató de prolongar el privilegio de ver sin ser mirado.

Ella iba distraída, moviendo por el mundo su rostro sin sonrisa, la trenza saltarina, las cejas más oscuras que el cabello amarillo, el rostro de facciones enfáticas y claras. Pero no fue su rostro lo que más quiso ver en ese instante, sino la blusa blanca de escote moderado. Solo minutos antes, en el salón de clase, la visión de ese escote, la suavidad perfecta, la hermosura modesta de sus senos bronceados, lo habían puesto en apuros: trató de decir "texto" y dijo "sexo" y todos lo notaron.

Ahora volvía a ver la blusa y recordaba; volvía a ver los perfiles remotos y sentía que el rubor regresaba. Pero ahora estaba solo y podía disfrutarlo; guardaba la esperanza de que todos los testigos del desliz no tuvieran su manera de mirar las sutilezas de la vida y olvidaran.

La había conocido el día anterior. Ella era una estudiante de un curso de verano y él era, qué le vamos a hacer, la vida se divierte torturando: el profesor Delgado, Magnífico Delgado, autor de algunos libros, erudito en asuntos literarios. Era un curso de aquellos que se enseñan roncando. Él tenía que hablar, por milésima vez, del continente absurdo, de su historia y sus tierras, su cultura y sus mañas.

Aquel lunes de julio, el primer día de clase, Delgado había hecho el ritual del sanitario. A eso de las siete y treinta y seis de la mañana había dejado todo preparado en una mesa del Departamento de Lenguas y Culturas Extranjeras: los programas del curso, la lista de estudiantes, la hoja de los temas, y se encerró en un sanitario.

No conseguía recordar cuándo empezó con el ritual. Siempre que se veía siendo el bueno y esclarecido profesor Magnífico Delgado, se veía también encerrándose en un baño pocos minutos antes de la primera clase, semestre tras semestre y, también, en los veranos. Sabía que había miedo, por supuesto, en ese dialogar con el espejo, en ese respirar tan ahondado; pero había más que eso.

Muchos años atrás el ritual era breve y un poco impremeditado. Se mojaba la cara, se miraba al espejo, revisaba el vestuario, respiraba profundo y salía diciendo: "Ahora ve y mátalos".

E iba y los mataba.

Primero se reían, creían que se trataba de una broma, pensaban que un alumno de semestres superiores estaba tratando de hacerse pasar por profesor de humanidades. Tardaban poco tiempo en descubrir que ese muchacho en el tablero no bromeaba. Pero más adelante, por los tiempos de Regina y las muchachas, las cosas empezaban a no ser tan regaladas.

Antes de la primera clase de ese verano, un día antes de la danza de Regina frente al viejo edificio, el ritual del sanitario le tomó más de lo acostumbrado. El profesor Delgado se buscó en el espejo y vio a un hombre cansado que acababa de cumplir cuarenta y uno. Vio las ojeras extremas, las arrugas empezando a ocupar aquellas zonas de la cara que el acné no conquistó decenios antes. Vio al cínico reciente que hacía solo unos días había dado dinero para comprar la muerte de un óvulo fecundado. Vio al aprendiz de viejo, el hombre que en ese mismo gesto le había dicho adiós a la última esperanza de encontrar el amor. Vio al comprador de cuerpos, que había regresado después de muchos años. Vio al padre divorciado, sintiendo muy remotas las heridas remotas, empezando a atreverse a imaginarles fracasos. Y, en medio de todo eso, le costaba rescatar al asesino juvenil que transformaba a sus alumnos, que cambiaba sus vidas con entusiasmos cristalinos, con pasiones desbordantes desbordadas. Se mojó varias veces la cara. Antes de secarse se entretuvo mirando las gotitas adheridas, negándose a caer. Casi sintió placer de verse tan derrotado. Luego se dobló hacia el piso, dejó que la cabeza colgara por un momento, cerró con fuerza los ojos, respiró hondo y profundo, y empezó a imaginar que la sangre oxigenada le llegaba al cerebro y reavivaba antiquísimas hogueras.

Aquella primera clase del curso de cultura había transcurrido sin mayores sobresaltos. Cuando Delgado subió al piso de los salones de clase, remontando los peldaños de dos en dos, cuando entró y saludó con un gesto compuesto y amable, ya dos o tres alumnos de veranos anteriores se habían encargado de venderles a los otros la ilusión de que el hombre deplorable que tenían al frente era magnífico, y no solo por el nombre. El profesor Delgado recurrió a viejos trucos para conquistar muy pronto a su auditorio. Hizo la promesa implícita de no torturarlos con las notas. Usó chistes infalibles para extraer sonrisas y risas. Sabía –desde hacía tanto que no habría que tomarse el trabajo de precisarlo– que si reían eran suyos, estaban liquidados. Y, mientras se apropiaba veterano de aquella primera clase, volvió a buscar motivos de entusiasmo.

Si alguien hubiera estado fuera del salón esperando el final de la clase, alguien cercano a él, digno de confidencias –la condesa rusa, por ejemplo, que andaba lejos, perdida en un largo viaje, disfrutando de unas merecidas vacaciones, después de haberle salvado el pellejo a Delgado en el embarazoso asunto con Fulgor–, si ese alguien le hubiera preguntado cuál de aquellas personas sería la encargada de animarlo a levantarse temprano de la cama durante esas mañanas, a seguir enseñando ese curso, quién sería la portadora del signo de

Platón, el profesor Delgado habría dicho sin dudarlo que la chica de Guanajuato. Era linda sin exageración, podía pasar desapercibida en casi todas partes, pero tenía la justa proporción de candor, perversidad e inteligencia que a él lo enamoraba. Porque había renunciado al amor, pero no a enamorarse. Al decir su nombre y contar su pequeño relato personal —una rutina que Delgado siempre proponía al comenzar un nuevo curso— la chica de Guanajuato había dicho que venía de California y que decidió instalarse en New Jersey por un tiempo para explorar y conocer la Costa Este. Dijo también que ya estaba considerando regresar. Pero al ver el gesto contrariado de Delgado, la muchacha agregó que era el frío del invierno lo que no la entusiasmaba.

Si esa misma hipotética persona le hubiera preguntado a Delgado por alguien más en ese grupo de doce o catorce damas y caballeros, niños y ancianos, que pudiera también contribuir a la pasión de la enseñanza, Magnífico habría dicho que Regina. También aquel primer día Regina estaba de blanco, tenía una blusa de mangas que le llegaban a la mitad del antebrazo, y Delgado no recuerda haber mirado esa vez su escote o su cabello o cualquier otra parte del paisaje que no fuera esa cara de líneas muy finas y gesto inexpresivo. La vio, le pareció bonita, quizá compleja, pero no podría hablarse de entusiasmo. Regina dijo que su familia era de Venezuela, pero que su origen más remoto era Alemania. Habló y en cada cosa que dijo parecía estar acorralada por discursos morales y políticos que no terminaban de tragársela. Pero al final de la clase, cuando Delgado recogía del escritorio sus papeles y pensaba: "Ya son tuyos, malvado", Regina se acercó en su recorrido hacia la puerta y le dijo: "Nos vemos esta tarde".

Al principio Delgado no entendió, y es bastante probable que aquel no entender le hubiera movido algunos músculos en la cara, porque ella agregó de inmediato: "También estoy en la clase de escritura". Delgado no había tenido tiempo para pensar en la clase de escritura. Había llegado la noche anterior desde Syracuse, donde ocupaba un cargo de profesor asociado en un colegio de artes liberales. Había conducido casi siete horas y no había tenido tiempo para pensar en los dos cursos que iba a enseñar ese verano. Por invitación de su *alma mater*, estaba de regreso a ese caótico villorrio de New Jersey donde había empezado su vida en el País del Sueño. Desde que se había marchado de ese sitio, cinco años atrás, Doctor en Filosofía, era una tradición que Delgado regresara a enseñar cada verano. Esta vez había reciclado programas de cursos anteriores que le dieron resultado, y solo incluyó unas pocas novedades para no sentirse culpable de repetición. Entre el viaje, la ruptura, el drenaje y la traducción —que había concluido el sábado anterior— Delgado se había quedado sin tiempo para hacerse a la idea de que enseñaría esos dos cursos, en especial el de escritura creativa.

De todas las clases que enseñaba –gramática, cine, cultura y un amplio abanico de literaturas–, las que más disfrutaba, aquellas que ponía en las cumbres más altas, eran las de escritura. Delgado tenía una lista de razones. Para empezar, escribir era su verdadera vocación. Si no la tenía como su oficio principal era porque quería ganarse la comida con un oficio que le importara menos. Había recibido un par de premios literarios, sonoros, provinciales, capaces de ayudarle a obtener becas o a marcar diferencias cuando buscó trabajo. Sus relatos habían sido publicados en suplementos literarios y revistas. Algunos vivieron un poco más para llegar a antologías editadas por amigos. Su libro de ensayos sobre los grandes narradores empezaba a ser citado con frecuencia. Sus dos novelas caían en el olvido con dignidad.

Delgado nunca había querido entrar de lleno en la industria de los libros. Muchísimo tiempo atrás se había convencido a sí mismo de que no vender su literatura era la mejor manera de salvaguardar su libertad creativa. En tiempos en que se ocupó de precisar por qué hacía lo que hacía y por qué haría lo que se proponía hacer, Delgado llegó a la conclusión de que sus libros podrían esperar en las sombras mucho tiempo, que lo importante era escribirlos y procurar que quedaran unas cuantas copias dispersas, para conjurar naufragios. "Si son buenos", llegó a decir muchas veces, "unos años de encierro no pueden hacerles mella".

Había también una razón de tintes épicos para justificar el entusiasmo que sentía con los cursos de escritura. Cuando Delgado dejó el hoy extinto país sudamericano donde había nacido, cuando redujo a tres maletas las pertenencias de su familia y los embarcó en un viaje sin retorno, ignoraba que no era él propiamente quien tomaba las decisiones. Tardó poco en comprender que era una fuerza más grande que el aburrimiento y la falta de dinero lo que lo había traído al País del Sueño. Con el tiempo empezó a imaginarle un propósito a lo ocurrido. Su lugar era ése: ahí donde su lengua, nutrida por todas sus variedades, empezaba a acercarse a un nuevo siglo de oro. Cuando enseñaba a escribir en esa lengua de inconformes, a la sombra cada vez menos rotunda de aquel dialecto germánico, Delgado se sentía un pionero, un heraldo, un abanderado. Con el tiempo había llegado a encontrar razones menos trascendentales

—y quizá más verdaderas— para amar la escritura. Pero, por la costumbre, había seguido levantando puntual sus primeras banderas.

Delgado no había prestado demasiada atención al hecho de que en las listas de los dos cursos se repetían algunos nombres. Cuando Regina le dijo que volverían a verse ese mismo día, fue como si aterrizara bruscamente, pero no sintió alegría. No pensó que vería durante seis semanas — temprano en la mañana y al final de la tarde— aquella blancura endurecida y otros rostros que aún no identificaba. No pensó que enseñar un curso de escritura sería como una mancha de color en medio del desastre en blanco y negro de su vida. Pensó, más bien, en lo tediosa que sería la espera hasta las seis de la tarde, deambulando por el campus, buscando rincones despoblados de la biblioteca para dormitar un poco. Pensó en la tristeza de no encontrar a nadie esperándolo a la salida del salón para hacerle preguntas, o esa noche, después de la otra clase, cuando volvería a dormir solo, sin un rostro que pudiera consolarlo.

La tarde había sido tal como lo había previsto: tediosa, larguísima, repleta de minutos. El cuerpo estuvo pidiéndole la porción de sueño que le quedó debiendo esa mañana. Antes del mediodía había cumplido con todas las tareas menudas que tenía pendientes: la firma del contrato, los libros en reserva. No tenía oficina. El apartamento que había alquilado para esas seis semanas estaba a media hora del campus, y pensó que no se justificaba conducir hasta allí, para regresar más tarde. Así que buscó un par de libros en la biblioteca, caminó al rincón donde estaban los sillones, creyó recordar algo, pero no pudo saber qué, y se dedicó a perfeccionar el arte de dormir con los ojos abiertos y dirigidos a las páginas.

Cuando faltaba media hora para la clase de la tarde organizó los programas y la lista de estudiantes, escribió el guion con los temas y actividades de las tres horas, y se dirigió al baño. Después de orinar se lavó la cara, miró por un momento su rostro mojado y trató de despertar un entusiasmo que sentía extraviado; pero, cuando parecía estar a punto de lograrlo, vio la mancha de tinta debajo del bolsillo de la camisa. No tuvo tiempo para buscar explicaciones o culpables. Alguna inclinación inadecuada había soltado la cubierta de su estilográfica. Tenía que buscarle solución a ese problema en los veinte minutos que faltaban para empezar la clase.

Llegó quince minutos tarde. El tráfico fue difícil. La tienda que encontró estaba cerrando y había filas largas de clientes con compras de última hora. Apenas alcanzó a esbozar la idea de que el asunto de la tinta derramada había sido una señal. Llegó al salón corriendo y con su camisa nueva ya sudada. Se disculpó y saludó mientras trataba de recobrar el aliento. Sonrió tratando de pedir comprensión y más perdón y se dedicó a mirar el grupo de mujeres que lo estaba esperando.

Eran siete, el número sagrado. Cinco de ellas se habían distribuido en una especie de semicírculo. Las otras dos se habían pegado a las paredes, una al fondo y otra cerca de la puerta. Como en la lista aparecían nueve nombres y no quería repetir las palabras iniciales, les repartió el programa, tratando todavía de alcanzar un aliento sosegado. Entonces empezaron a dibujar gestos de desconcierto. Una hermosa chica rubia de blusa blanca levantó la mano. Era Regina. Tenía en el rostro algo que con un poco más de énfasis podría ser una sonrisa. "Profesor, nos ha dado el programa equivocado". Delgado hizo un gesto divertido y volvió a disculparse.

Pasó recogiendo el programa del curso de la mañana y entregando el correcto, lo cual provocó situaciones confusas en que todos recibían y entregaban papeles al mismo tiempo. Mientras hacía todo eso les lanzaba una ojeada de curiosidad disimulada. Cuando todas recibieron el programa, ya Delgado respiraba más tranquilo. Entonces les pidió que se presentaran.

La primera a la derecha ya había sido su alumna. Su nombre era Rosana. Dos o tres años atrás había tomado con él un curso de gramática. Era una hermosa morena que escondía la belleza de su rostro detrás de unas gafas. Dijo al presentarse que la anterior clase de Delgado le gustó tanto que se había matriculado en sus dos cursos de este verano. Delgado le dijo que no la había visto esa mañana y ella le respondió que por conflictos de horario tendría que retirarse de esa clase. Un par de sonrisas poco comprometidas pusieron punto y aparte.

La siguiente también había estudiado con Delgado. Era una mujer de treinta y algo. Un año atrás, cuando ella tomó su curso de cine, Delgado se entusiasmó tanto el primer día que ella tuvo que apresurarse a hacerle notar su anillo en la mano. Su nombre era Cornelia. Luego le hablaría de sus hijos, de su oficio de maestra de escuela, siempre con la sonrisa condescendiente de haberle perdonado y estar agradecida por aquel entusiasmo. Delgado concluyó que el nuevo color de pelo la había desmejorado.

Al lado de Cornelia había una silla vacía que ocuparía más tarde una criatura celestial.

En el centro del pequeño semicírculo sonreía Gabriela. Era, sin duda, una de las mayores, cosa que ante los ojos de Delgado resultaba un atributo muy preciado. No podía precisar si la balanza se inclinaba más hacia los cuarenta o los cincuenta, pero Gabriela estaba en esa franja donde la desesperación y el entusiasmo se unen a la sapiencia en los asuntos de la cama.

A Delgado le había tomado un poco más de dos decenios, y todo tipo de encuentros, elaborar la teoría de que no había mejores perpetradoras de la caricia inteligente que las mujeres que se hallaban más allá de los cuarenta. Había, por supuesto, niveles de experiencia. Algunas se asomaban a la pradera del ocaso sin tener la menor idea del mundo y sus placeres; el matrimonio solía ser la mejor salvaguarda de la inocencia. Maridos ignorantes se encargaban del resto, de llevarlas a pensar que no había ninguna gracia y que no se justificaba dedicarle ni un breve pensamiento a sus deseos. Otras, por su parte, lo habían probado todo. Pero en todas era posible encontrar una fruición, una manera compasiva de suministrar placer, una valoración del hongo mágico que a Delgado le encantaban. En cuanto a la caricia, bien o mal perpetrada, siempre le había gustado; incluso antes de que aquella muchachita ya olvidada acercara decidida sus labios sonrosados.

Delgado no pensó en todo eso cuando vio a Gabriela, pero supo —en un instante— que en algún recoveco de allá adentro, pensamientos como ese estaban ocurriendo. Se recordó de prisa que no era buena idea dejar que las ideas se asomaran a sus gestos. Gabriela era uruguaya, también era maestra, y decidió diferenciarse apelando a la franqueza: "Me he inscrito en esta clase porque necesito sumar créditos para mi certificación como maestra". Delgado tardaría varios días en llegar a entender que, al momento de hablar, ya Gabriela lo tenía estudiado y clasificado. Sus palabras le gustaron. También aquel acento cabalgando en la voz frágil.

Adentro de sus adentros Delgado tomó nota del espectro que creaban las primeras tres mujeres de su clase. Ese tipo de observaciones habitaban sus días. Primero estaba Rosana, con ese bronceado permanente, el cabello café oscuro y ensortijado. Después estaba Cornelia, con ese claroscuro mediterráneo que a Delgado le encantaba. El contraste ya no estaba, pero seguía viéndolo, como un año atrás, debajo del tinturado lamentable. Las veces que le habían preguntado cómo era físicamente la mujer con que soñaba, Delgado pensaba en esa combinación de piel clara y cabello oscuro que también era frecuente en algunas mexicanas. Ahora la primera porción del arco iris terminaba con la blancura menuda de Gabriela, las piernas muy pálidas, el cabello amarillo de rizos ligeros y los ojos claros.

Sonia y Regina completaban el semicírculo central. Sonia tenía un cabello corto y azabache, pantaloncitos cortos, mirada obsesiva y la piel muy quemada. Competía con Gabriela en ser la más veterana y había en ella una fortaleza que intimidó a Delgado. El fantaseador de adentro imaginó sus huesitos triturados debajo de esa pasión. Regina era… bueno, ya hemos hablado de Regina.

Mientras Regina se presentaba, Delgado repasó los nombres de las que se habían presentado. Siempre se había obligado a memorizar los nombres de sus alumnos desde el primer día de clase, conocía el efecto favorable que ese gesto producía. En sus mejores tiempos había llegado a recordar sin esfuerzo hasta ciento veinte nombres en un semestre. Lograba incluso recordarlos tiempo después, cuando volvía a encontrarse con alumnos antiguos, y conseguía halagarlos llamándolos por su nombre. Pero ahora su memoria empezaba a mostrar signos de fatiga. De un tiempo para acá había tenido que volver a utilizar el método Fassman para memorizar. A Rosana la asoció con flores tropicales, a Cornelia con las córneas oscuras de sus ojos, a Gabriela con un arcángel de rizos claros. Sonia soñaba con intensidad.

Oriana estaba al fondo, con un gesto constante de recién levantada, de no saber del todo qué estaba haciendo ahí. Muy cerca de la puerta y muy detrás de sus gafas, Jessica desconfiaba.

Delgado dibujó un gesto impersonal y democrático. Habló de la escritura, del paso avasallante de esa lengua de sometidos, de la necesidad de desatar cosas adentro para que las palabras se asomaran.

Propuso el ejercicio de escribir sin detenerse durante diez minutos. Escribió en el tablero las reglas de aquel juego: sin dejar de mover la mano un solo instante, sin pensar ni vigilarse, ignorando las dudas de ortografía o de gramática y, el que más le gustaba proponer, sintiéndose libres para escribir mal, porque —como solía insistir— no es delito escribir mal: "Que yo sepa, nunca a nadie metieron a la cárcel".

Como sabía que el primer ejercicio despertaba cierto temor, les regaló como ayuda la palabra "Recuerdo". Así podían estar seguras de no quedarse sin tema para escribir. Desde los últimos recuerdos, de solo segundos antes, hasta los primeros de la infancia, cualquiera encontraría material para escribir varios cuadernos, por más anodina y despoblada de incidentes que hubiera sido su vida.

Las mujeres escucharon atentas las instrucciones y se inclinaron a escribir cuando Delgado lo ordenó. Algunas titubearon un instante, con las puntas elevadas del papel, pero Delgado les dijo suavemente que no debían pensar ni detenerse, que tenían que apurarse porque el tren ya había partido.

Cuando todas estaban concentradas haciendo el ejercicio, Delgado sintió que algo dentro de él se estremecía, pero no alcanzó a saber la causa. En el cristal de la puerta alguien le hacía señas. Delgado abrió la puerta, salió, apaciguó las excusas y le dijo a la recién llegada que debía entrar y sentarse a escribir diez minutos sin parar. El rostro le resultaba familiar. Una criatura semejante era difícil de olvidar. También había sido alumna de Delgado el verano anterior, en el curso de cine. Tenía aspecto de niña, los ojos muy grandes y rasgos menudos, levemente orientales. Cuando entraron al salón, y la chica se acomodó en la silla que estaba disponible entre Cornelia y Gabriela, Delgado pasó la mirada por el grupo de escribientes. No pudo dejar de notar que los escotes del verano se volvían generosos cuando estaban inclinadas, también las faldas cortas. El paisaje estaba lleno de texturas, de volúmenes. Empezaba a sentir que sus ojos se salían, a pensar que debía controlar los entusiasmos de su rostro —porque si alguna levantaba la mirada sería muy difícil seguir siendo respetable ante esos ojos—, cuando vio que otra silueta lo llamaba con gestos a través del cristal.

Delgado salió y saludó efusivo a Jonathan Johnson, el tipo que hacía las fotocopias. Traía los paquetes de lecturas para el curso. Hablaron de todo un poco: de cómo iban las cosas para ambos, de la posibilidad de que Delgado imprimiera con él una edición limitada de *Tríptico de la tristeza*, tres novelas cortas suyas que esperaba terminar pronto. Johnson recordó algunos cursos de escritura que había tomado cuando estaba en la universidad y se dedicaron a discutir semejanzas y diferencias cuando esos cursos eran en otra lengua.

Al final de los diez minutos, Delgado y Johnson entraron al salón y todas vinieron al escritorio del frente a comprar el paquete de lecturas.

Solo cuando Johnson se marchó pudieron hablar al fin de la primera experiencia de escritura. Delgado les preguntó si les dolía la mano y todas dijeron que sí. Luego hablaron de los recuerdos que se habían ido asomando tras mucho tiempo de permanecer ocultos y de lo mucho que rendían diez minutos cuando se escribía sin detenerse y sin pensar.

—Trabajando solamente diez minutos cada día, en un año tendríamos un libro de memorias de cuatrocientas páginas —concluyó Delgado.

Guardó silencio un momento, se volvió hacia el tablero y empezó a dibujar algo como una roca grande; les dio tiempo para considerar la idea del libro de memorias, se volvió a mirarlas y agregó:

—Y en diez, de cuatro mil.

Trazó una línea horizontal que cruzaba la roca en la parte superior. Les dijo que era un témpano de hielo, que muchos habían usado esa imagen para referirse a la escritura, que la misma propiedad del iceberg la tenían los hielos en los vasos y confesó que no sabía con exactitud qué porcentaje quedaba por encima o por debajo del agua:

—Lo cierto es que casi todo se queda bajo el agua, pero esa masa enorme es lo que permite que se asome la otra mínima parte.

Estaban interesadas. El primer ejercicio había logrado sacarlas de la distracción cotidiana. Delgado les explicó que el gran error era creer que al escribir todo salía de una

27

vez perfecto y definitivo, que había que escribir mucho y muy mal, llenar cientos de páginas que quedarían bajo el agua, para que unas pocas páginas flotaran.

Como vio que las lecciones empezaban a agotarlas, Delgado concluyó la primera mitad de aquella clase diciéndoles que escribir era muy fácil, que si querían hacerlo solo tenían que hacerlo, que casi todos los obstáculos eran imaginarios.

Después del descanso propuso que escribieran de nuevo. Puso una frase simple en el centro del tablero:

"Alguien está sentado".

Les pidió que poblaran esa idea, y las mujeres se inclinaron obedientes, decididas a cumplir con su tarea.

Entonces, frente a esos rostros inclinados, frente a esas manos frenéticas y esos cuerpos invadidos de emociones, Delgado recordó lo que no había conseguido recordar al comienzo de la clase: que había pocas cosas en el mundo más hermosas que una mujer escribiendo.

Ocho mujeres haciéndolo era una de esas cosas.

II

Aimée

A pesar del cansancio del primer día de clases, a pesar de la fatiga acumulada por el viaje y los apuros del fin de semana, Magnífico Delgado tardó mucho en dormirse aquella noche. Sentía en todas partes una euforia detenida.

Recordaba emocionado el momento en que se supo en un salón de clase con ocho mujeres escribiendo: la incredulidad, el arrobamiento, la compostura de los gestos y la cautela en la mirada.

Recordó a la mujer que le había revelado años atrás esa forma del placer. Se preguntó, sin querer saber la respuesta, qué habría sido de ella.

Entonces pensó en *El origen del mundo*.

Había puesto la cajita de los manuscritos en su equipaje, sin saber por qué lo hacía y sin prestar atención a lo que hacía. Llevaba mucho tiempo sin volver a mirar ese esbozo de novela. Solo recordaba que el trabajo en la traducción, el fatigoso forcejeo con el estilo torpe de un autor exitoso, lo había hecho pensar en sus propias cosas.

Llevaba mucho tiempo sin decidirse a terminarla. Había empezado a escribirla justo el día que Aimée y él se despidieron; poco después de la noche del fuego. Ella por

fin había resuelto sus asuntos personales y estaba lista
para cumplir su sueño de vivir en San Diego. Se veía feliz,
ebria de futuro, parecía reírse compasiva del desamparo
en los gestos de Delgado.

Aquella vez almorzaron en un restaurante del centro.
Antes de ordenar hablaron largo rato. Ella se levantó para
ir al baño y Delgado se dedicó a imaginar cada detalle,
cada gesto, de la mujer a solas. Cuando regresó traía el
rostro encendido. Delgado tuvo que vencer el impulso de
postrarse de rodillas ante la visible excitación de los
pezones bajo la blusa azul clara.

—Tengo un regalo para ti —dijo ella, sin parar de son
reír—. Para que nunca te olvides de mí.

Delgado soltó el aire por la nariz, abochornado.

—Tuve un sueño anoche. Soñé que alguien me estaba
buscando, que me perseguía para matarme.

Delgado la escuchaba sin perderse un sonido, una
inflexión, un gesto o movimiento involuntario.

—Pero la única forma de encontrarme era por medio
de mis trazos. No sabe mi nombre. No conoce mis rasgos.
Lo único que tiene para hallarme es la forma de mis letras.
Te regalo esa historia, mi querido Delgado.

Alguien los había presentado, seis meses atrás, en la
universidad. Después de imaginarse el uno al otro una
convencional forma de ser, optaron por una cortés
indiferencia. Delgado estaba tomando sus cursos de
doctorado. Al llegar al País del Sueño había renunciado a
sus viejos hábitos de eremita. Abandonaba con frecuencia
su encierro de libros y manuscritos, para participar en lo
que consideraba los gestos hipócritas de una corte.
Pensaba que era útil y, tal vez, necesario establecer
algunos vínculos, explorar nuevos ámbitos. Su casa
también empezaba a resultarle insoportable. El

desplazamiento geográfico, ese vivir ahora en una tierra donde nada resultaba familiar, había dejado al descubierto las tácitas vilezas que lo tuvieron unido a la madre de sus hijos. También, las enormes diferencias, la pelea cada día más fiera entre el convento —porque Delgado pensaba que su vida, a pesar de todo, era la de un místico— y el centro comercial.

Volvieron a verse tres o cuatro veces: a la entrada de un cine, en un café o una conferencia, y accedieron a reconocerse, a saludarse, a despedirse sin rodeos ni sobresaltos.

Delgado trató después de identificar algo premonitorio en el recuerdo de los primeros encuentros: un gesto, una palabra, alguna inadvertida ráfaga de pensamiento que anunciara lo que vino luego. Lo sorprendía no poder recordar con certeza un momento en que se hubiera dicho a sí mismo, distraído, quizá ocupado con pensamientos más urgentes: "Mira esa belleza rara".

Pero una noche Delgado llegó a casa y su esposa le dijo que en el contestador había un mensaje en inglés, que parecía para él. Era breve, directo, práctico, impersonal: Aimée quería mejorar su español, se ofrecía a pagarle por una hora de clase semanal.

Llegó a sentir que sus semanas eran descoloridos horizontes, nadas, eternidades, que lo único que contaba en su vida de entonces era esa hora, en un café del centro, que ella medía con precisión, ese pedazo exacto de lunes que condenaba todo lo demás a ser solo una espera.

Después de despedirse con gestos que fingían desapego, con actitud de persona sensata, capaz de esperar sin impaciencia una semana, Delgado sentía que la fiebre le subía mientras la veía alejarse. Era invierno y había nieve y salían del café envueltos en abrigos y

31

bufandas, corriendo con pasos cautelosos a refugiarse en los autos. Al volver a casa Delgado cumplía distraído los rituales familiares y repasaba obsesivo los recuerdos aún tibios: un juego fugaz con el cabello, una expresión deslizada sobre la mesa. Tardaba en dormirse por la embriaguez del recuerdo, dejaba de pensarla para seguir soñándola.

El resto de la semana el ánimo oscilaba entre la nostalgia y la esperanza. Delgado se obligaba a sí mismo a moverse por el mundo sin percibir nada, sin prestar atención a nada, para llegar con sus sentidos descansados al encuentro. Entonces se la bebía con deleite. Se robaba sus gestos y sus rasgos, su respiración y sus palabras, para disfrutarla luego en el recuerdo.

Ella tardó poco en descubrir que había gozo de por medio y en comprender que una de las condiciones de aquel gozo era la imposibilidad. Se sentía halagada al notar en Delgado el brillo inocultable de la adoración, pero algo le decía que debía cuidarse, que debía asumir todo aquello con distancia. Decidió jugar semana tras semana a hablar sin vigilarse y a ver brillar los ojos fanáticos de Delgado.

"Enséñame el futuro", le dijo un día, después de saludarlo, y Delgado pasó años degustando aquella frase, ex plorando infatigable sus dimensiones mágicas. La vida era eso y era demasiado: "Quiero que ya sea la primavera", y las ganas de mover todas las fuerzas de la Tierra y decirle aquí la tienes.

Después de unas semanas, Delgado descubrió que los encuentros seguirían si lograba mantenerla interesada. Se empeñó en usar destrezas desarrolladas en incontables salones de clase: si reía, si pensaba en la muerte, si lograba transmitirle el milagro del instante, sería suya para siempre.

También si conseguía interesarla en escribir.

Delgado empezó a proponerle ejercicios de escritura. El de los diez minutos recordando, el de sacar montones de palabras de la palabra murciélago, el de combinar papelitos con palabras para formar oraciones:

"Mi brazo transparente duerme sobre tu rostro". Algunas veces ella protestaba y le decía que no era justo que la dejara sola escribiendo y entonces Delgado obedecía y se ponía a hacer el ejercicio que había propuesto.

* * *

Recuerdo una noche fría en un país lejano, la sensación final de aquella noche, la mezcla triste de frío y alegría y lejanía, las últimas palabras de esos dos que no se animan a decir hasta dentro de ocho días. Recuerdo el patio de una casa gris remota oscura también fría, recuerdo que jugaba entre las matas, que me gustaba echarles agua y jugaba a imaginar selvas oscuras, arenas movedizas, árboles enormes y extendidos donde graznaba la selva. Recuerdo las texturas de otros cuerpos, la seda humedecida de un sexo, el deseo embelleciendo el brillo opaco de unos ojos. Recuerdo un tatuaje en un tobillo, un grupo de personas tomadas de la mano, imaginando mundos imposibles. Recuerdo ese tono de voz, ese gesto de jugar con el cabello, ese color de chaqueta, esa manera precisa de reír y de cantar con sonidos guturales. Recuerdo alguna noche que no ha sido y un beso inolvidable que no he dado, una textura nueva, un sabor, una esperanza. Recuerdo momentos de estupor y aturdimiento, instantes de agonía jubilosa, abrazos olvidados que regresan convocados por el ritmo de las frases. Recuerdo una naranja que comí hace cerca de mil años, un jugo de una fruta sin nombre, una cierta humedad en los pulmones, una forma del miedo que me hacía sentir vivo y muriendo de dicha, muriendo de vida. Recuerdo una cena elegante, una forma precisa de una oreja, una flor de lapislázuli ayudándome a lanzarme en unos brazos, la soledad de algunas tardes de nubes pesadas y oscuras como viejos trasatlánticos.

* * *

Delgado se negaba a leerle lo que había escrito y ella sonreía y no insistía, leía sus recuerdos de infancia: la casa en la playa de Cape May, la espalda de su padre junto al mar de California, los paseos solitarios a la arcadia, el dilema entre comerse un hot dog o jugar en las máquinas, porque el dinero no le alcanzaba para ambas cosas.

Al principio ella le pagó a Delgado con billetes. Pero parecía incomodarla ese gesto atravesado en medio de la despedida. Después optó por pagarle, con un cheque, varias clases por adelantado. Delgado empezó a interesarse en su letra. Le gustaba ver su propio nombre escrito en esas briznas de hierba. Se preguntaba el origen y el sentido de la cola enorme y levantada de la "a". Siempre tardaba en hacer efectivo el cheque y se pasaba días y semanas con él en la billetera, sacándolo a ratos para verlo, para recordar la mano, la suave textura de la piel, los dedos largos, finos y claros. También él se había sentido incómodo al principio cuando recibía el pago. Pensaba que era una ironía recibir ese dinero por haber gozado tanto. Pero luego empezó a encontrarle un gusto perverso a ese momento. Sintió que de algún modo ella pagaba por algo más que unas clases de lengua y de gramática, que pagaba por un gusto que tal vez no iba a encontrar en otro lado: el de ser adorada. "Soy un prostituto", se decía Delgado al volver a mirar esos trazos.

La mujer tardó poco en pedir que alargaran las clases a dos horas y que trabajaran menos en gramática y más en las prácticas de escritura. Fue entonces también cuan do decidieron cambiar el sitio de encuentro. De noche, la biblioteca era un sitio más tranquilo. En rincones guarecidos por largas hileras de estantes había sillones donde era posible hablar sin perturbar a nadie.

Delgado siguió sacando su arsenal de ejercicios: el de la fotografía, el del oráculo, el de escribir la música, mientras se dedicaba a disfrutar en forma más relajada, a robarse poco a poco a esa mujer que fingía aplicación en su tarea, que tal vez sentía el roce de la mirada sobre el rostro y las manos, que tal vez imaginaba –mientras estaba escribiendo– al hombre imaginando el territorio inaccesible de su cuerpo, la forma, los colores, las texturas de su sexo.

* * *

Los fósforos entraron volando en la vida de Delgado. Ella había ido a comprarlos al otro lado de la calle, en el centro de estudiantes donde solían encontrarse antes de entrar a la biblioteca. Al alejarse le había pedido a Delgado que pensara cómo se habrían llamado en latín esos palitos "encendedizos" que sirven para poner a funcionar los cigarrillos.

Delgado soltó un suspiro cuando se quedó solo. Su ausencia momentánea le serviría para recobrar el aliento, para pensar en lo dichoso que se sentía, para hacerse consciente de la variación en el maquillaje, para decirse a toda prisa: "No olvides, cretino, que ésta es la vida".

Andaba hundido en su monólogo apurado cuando sintió un ruido leve a sus espaldas. Ella le había arrojado el paquete de fósforos, pero no llegó a golpearlo. Durante esa semana, Delgado llegaría a preguntarse si había fallado de manera intencional. Lo cierto es que el paquete hizo el ruido suficiente para que él se volviera a mirar y alcanzara a verla haciendo el simulacro de esconderse detrás de un estante de libros.

Delgado guardaba esas imágenes para disfrutarlas luego a solas.

Pensó: "Juega, se divierte", pero siguió adelante. Seguir adelante significaba poner en práctica lo que le había propuesto hacer antes de su expedición en busca de los fósforos.

Habría que explicar cómo era la biblioteca, cómo estaban dispuestas las mesas, los estantes, las columnas; pero no hay mucho tiempo. Tendrá que bastar con que se sepa que una mesa muy baja separaba sus sillas, que era posible ver en la distancia otros pares de sillas con sus mesas, que había algunas personas circulando, que la privacidad de Delgado y la chica la daba la lengua extranjera que usual mente hablaban, los sobreentendidos que empezaban a aparecer después de casi tres meses de estar viéndose, un tiempo exacto, primero una y después dos horas, ni un minuto más ni un minuto menos, los lunes de cada semana.

Ella estaba contrariada cuando se saludaron esa noche. Al regresar con los fósforos parecía sentirse mejor, pero Delgado le dijo que escribiera con rabia, con odio, usando malas palabras si era necesario. Ella se entusiasmó con el asunto. Se inclinó sobre la mesita que los separaba y, antes de lanzarse a escribir algo que ya empezaba a formarse en su cabeza, preguntó: "¿Y tú lo leerás?"

Le dijo que no, que después de escribirlo saldrían a quemarlo. Entonces la vio arrojarse sobre el papel.

Delgado pensó que debía alejarse y se fue al baño. Mientras estaba orinando dijo, con desesperación, como si algo le doliera: "I love her". Luego alzó la mirada des confiado. Al parecer no había nadie más en ese baño. Dejó de orinar y se agachó para ver si había pies en los cubículos. No había nadie. Así que reanudó las confesiones. Por su mente pasaron imágenes complejas que incluían al instrumento arrugado que tenía en la mano y a la chica que estaba escribiendo a solo unos pasos. No fueron pensamientos muy detallados, solo fugaces y vagos planteamientos argumentales. Quizá el más vivo de todos era el que le sugería que en ese mismo instante ella estaba excita da con la furia que salía de sus manos. Volvió a imaginarse perdido en sus tinieblas y sintió que se encendían las profundas cavernas del sentido.

Para entonces ya había cosas que le resultaban obvias. Una de ellas era que se tarda menos meando que dejando salir las rabias que nos habitan. Así que salió del baño y se dedicó a leer carteles sin saber lo que decían. Anunciaban, tal vez, funciones de cineclubes, cuartos para alquilar y ofertas de trabajo. Luego empezó a hojear libros en los anaqueles.

Pero la mente de Delgado estaba en esa mujer, en cal cular el ritmo de su desahogo, en acusarse a sí mismo de estarla manipulando, en mirarla desde lejos: los colores subidos, los dedos enfáticos, la respiración descontrolada.

Fue justo en ese instante cuando se hizo consciente de esa nueva forma del placer.

* * *

Y pensar que solo es un objeto insignificante. Una pieza perdida en medio del decorado. Algo que ella tiene completamente olvidado, que quizá no llegó a mirar con atención. Un callado utensilio que desapareció sin dejar rastro después de haber cumplido su labor. Está aquí, a mi lado, acompañándome en esta tarde de lluvia. Alentándome a decirlo todo de una vez, antes de que el tiempo pase, antes de que ocurran cosas que lo cambien todo, que lo arruinen todo. Me pregunto si llegó a pensar en el mensaje, en las semejanzas entre ella y la chica del medio. Pero después de hacerme esa pregunta procuro convencerme de que nada de lo que yo pueda imaginar tiene correspondencia con el mundo de allá afuera, que esta vida y esta forma de morir son una simple extravagancia, como una flor o un pez, un escándalo sublime y colorido que se extingue en poco tiempo.

La chica del medio sonríe con gesto perverso. Procuro que la luz caiga sobre el grupo que se divierte en esa mesa. Son tres y están bebiendo y parece que ya el licor ha desata do algunas cuerdas que en los días de rutina permanecen ajustadas. Curioso que solo pueda ver los dientes de las que están a los lados, sus risas son abiertas, acaban de explotar, sorprendidas, incrédulas, excitadas. Miran y admiran a la del medio, a esa que parece sonreírme pero que quizá se burla, a esa que hace un instante debió decir algo divertido y cruel, algo que me destruye y celebra mi ruina. De manera que, al menos, somos tres los que estamos mirándola con reverencia inquieta, subyugados por su arrogancia. Lanzo una última mirada al lugar para notar que a lo lejos se mueve otra mujer, pero su indiferencia la excluye para siempre. Antes de darme por vencido y entregarme, noto que el grupo parece un solo cuerpo, me atrevo a pensar que todo lo que suceda sucede para todas. La de la izquierda es morena, la de la derecha es rubia, la del medio es una síntesis de ambas, su piel *habla de soles y de inviernos, su cabello apenas ordenado cae sobre los hombros, se represa brevemente y prosigue su caída hacia adelante. Tiene el extraño equilibrio entre la luz y la tiniebla que he aprendido a venerar. No es bella, pero es adorable. Ha sufrido y ha llorado. Le quedan pocos miedos. La blusa lila claro se le adhiere a la piel como una segunda piel. Su brazo derecho se extiende rígido, aparatoso, hacia debajo de la mesa. El brazo izquierdo está acodado en la mesa con elegancia altanera. El mentón está apoyado en la palma de la mano donde tiene un cigarrillo que podría seguir fumando sin cambiar de posición. El dedo meñique acaricia la comisura de esa boca que parece tener la curvatura del disgusto, pero que sin embargo sonríe. No sé si lo que altera sus mejillas es un rubor. Si muevo un poco la luz, para conjurar engaños, puedo alcanzar algo cercano a la certeza. Y ese rubor posible transforma por completo ese momento: su dureza y su crueldad bien pueden ser una máscara que el rubor desenmascara. Si bebo un poco más y empiezo a preguntarme lo que piensa, lo que sabe, puedo imaginarla consciente de su rubor, consciente de ese juego en el que ataca y se expone, consciente de que hay que arriesgar la vida para poder vivirla. Pero, sin duda, su mirada es lo que más me inquieta: habla de juegos y batallas, son los ojos de alguien que en este mismo instante está llorando a pesar de que el mundo crea verla sonreír. Son ojos que conocen, que han visto, que olvidaron el gesto de abrirse con sorpresa; son ojos que esperan dolor y lo esperan con gozo. Alguien intenta poner palabras en su boca: "Just give it to me straight", "Dámelo sin rodeos". Pero no son suyas. Aun si alguna vez las pronunció, solo son las palabras de ese gesto engañoso y consciente de que engaña. En algún otro sitio, quizá en un orden diferente de esas letras, resuena lo otro que ella me dice sin hacerse ilusiones de que yo pueda oírlo.*

* * *

Cuando salieron a la noche respiraron ese frío que ya era tibieza. La primavera empezaba a entrar con timidez, ese lunes había sido el primer día realmente tibio en todo el año. El cielo estaba nublado pero la noche daba para hablar de estrellas. Caminaban acompañados por silencios cómodos, por pequeñas treguas, pero Delgado sabía que debía hablar, que debía seguir intentando hacer llamados a ese ser de allá lejos que empezaba a dar señales de vida.

Le habló de esa noche remota en que un grupo de niños creyó descubrir una galaxia a la que le pusieron sus nombres. De la dificultad para decidir el orden de esos nombres. Le habló de la decepción que trajo el tiempo: la confirmación de que esa galaxia había sido descubierta demasiado tiempo antes, que era una de las cosas que deambulan por la noche.

Ella llegó a una conclusión que tampoco era nueva: que no existe nada nuevo. Dijo que también cuando era niña le gustaba mirar las estrellas, pero que la enfurecía que algunas galaxias se le escondieran.

Delgado imaginó las noches en que ella iba a la arcadia, siempre con poco dinero, siempre sola y con las manos en los bolsillos del pantalón, preguntándose en qué invertir lo que llevaba, pensando qué podría darle esa noche un gusto más prolongado: un hot dog o las máquinas de juegos, para después volver a casa, bajo la oscuridad de la noche, siempre con miedo por esa oscuridad que la envolvía, mirando con algo como un terror gozoso las galaxias lejanas, jugando a orientarse con ellas, para terminar mareada, deseando estar en casa, temiéndole a la noche y queriendo estar en ella.

Así iba componiendo su pasado. Delgado guardó la historia de las estrellas en el lugar donde tenía otras historias de la infancia que ella le había venido contando desde cuando las calles estaban llenas de nieve pisoteada, cuan do todavía eran demasiado extraños para imaginar siquiera que algún día caminarían bajo una noche nublada de primavera, disfrutando del lugar casi desierto, gustosos de estar caminando uno al lado del otro, menos solos, definitivamente menos solos que en las noches de la infancia.

Después de caminar, casi sin rumbo, sin saber quién llevaba a quién, terminaron en lo alto de un puente que pasaba sobre una autopista. Ella quiso quemar ahí lo que había escrito y le pidió los fósforos. Delgado no recordaba por qué tenía esos fósforos en el bolsillo de la chaqueta, estaba perdido en la dicha del presente y no sabía ni siquiera cuál era su papel en el ritual, aparte de haberlo propiciado. Antes de entregarle los fósforos miró la imagen, las tres chicas sonriendo, la frase agresiva en el reverso. Se preguntó si esas palabras también eran un mensaje intencional que ella le estaba dando. Cinco fósforos más tarde quedó demostrado que sería imposible encender ahí el papel arrugado, hecho una bola. Ella solo había conseguido quemar ligera mente un borde pequeño. Delgado la condujo a unas escalinatas resguardadas y se sentó, le indicó que podía intentar encender el fuego unos peldaños más abajo. Solo necesitó dos fósforos.

El papel ardió con rapidez, unas llamas breves se elevaron un instante, después la bola ennegrecida pareció cobrar vida y algo como un corazón rojo se intensificaba y diluía en su centro. Luego empezó a apagarse, a hacerse cada vez más gris, hasta el silencio de las cenizas. Delgado supo que ese instante era la felicidad, era la vida: el rostro de ella, la búsqueda de la palabra que definiera lo fascinante de esa combustión, el brillo del fuego en esos ojos en los que naufragó semanas antes, el suspiro de ese fuelle tranquilo. Volvió a preguntarse cómo sería ese momento. Cómo podría soportar la vida si no llegaba nunca ese momento.

* * *

Ya la noche. Cómo pasa. Tendría que hablar de la pausa, pero no. Tendría también que hablar de lo que he pensado, de la idea de mandarlo todo a la mierda y renunciar, salir a la calle a buscar aturdimiento o buscar aquí mismo alguna forma de la idiotez. De hecho, mantengo la esperanza de que en cualquier momento el trago me derrumbe y me libere de esta tarea absurda. He pensado también que narrar es crear una ilusión precaria de realidad, el narrador engaña y se engaña. Sabe que está mintiendo, sabe que lo que tiene entre las manos es simple materia muerta. El que narra un recuerdo es un necrófilo, ama lo inanimado, lo que no es, lo que tal vez nunca ha sido. Todo eso lo he pensado al comprender que esta noche he preferido dedicarla a escribir esas dos horas cada vez más remotas en lugar de salir a buscar a esa mujer y decirle todo lo que no le he dicho. He pensado también que quizá en este instante se aburre, he alentado la estúpida ilusión de que también recuerda. Me consuelo pensando que he hecho todo lo que he podido hacer, que entre los dos hay más obstáculos que las mesas de cada lunes, y que a pesar de todo he conseguido tocarla con mis palabras, provocar sacudidas profundas, reducir poco a poco las distancias terribles desde las que nos hablamos.

Creo que esto ya se termina. El mundo de aquí cerca me pide orden, actitudes. El fracaso llega, como siempre, truncando la intención. No he hablado aún de nuestras charlas sobre el rayo verde, ni de ella contándome sus versiones de cuentos infantiles en un idioma que hay que ir corrigiendo a cada paso. No he dicho una palabra de su cuerpo adivinado, del tamaño de sus senos, de la esbeltez de sus formas, del ensortijado del cabello, de sus labios pintados, de sus ojos y sus medias, del tatuaje oculto esa noche, aquella noche, hace cinco días exactos, en un tiempo ya muerto y sepultado. No he dicho una sola palabra del color de sus uñas, del lenguaje secreto que he creído encontrar en ellas, ni de las ganas cada vez más impacientes de acariciar su rostro, de dormir la vida entera abrazado a su rostro. No he dicho y me temo que jamás diré nada del final de esa noche, de la charla poblada de lechos de muerte, de nuestros pasos llevándonos hasta la oscuridad de un lago, de los dos sentados y tranquilos en un banco frente a la negrura de las aguas, diciendo cosas cuyos significados se nos escapaban, hablan do de viajes y aventuras, de cartas y de vidas, de miedos y de suertes. Tampoco hablaré de ese mirar al reloj que marcó el final de las dos horas, dos horas exactas, ni un minuto más, dos horas de dicha semanal, ni del montón de cosas que están por ocurrir o que jamás ocurrirán; y espero, con dolor, con impaciencia, sintiéndome ansioso y miserable, la llegada del momento que ya ocurrió en mis sueños, ese instante gris entre las ruinas en que por fin la bese, como si fuera hambre y no amor lo que sentíamos.

* * *

Delgado comprendió que había llegado el momento de concluir esa novela. Durante esas seis semanas tendría las condiciones precisas, las imágenes apropiadas, para terminar de darle forma a esa compleja fantasía en la que hombres y mujeres se buscaban en sus trazos.

Se levantó y fue a buscarla en la maleta donde todavía tenía la ropa. Abrió la cajita de madera donde guardaba los manuscritos y miró distraído la primera hoja, la réplica del cuadro de Courbet. Dejó la cajita en la mesa de no che y trató de dormir, pero de nuevo volvió el recuerdo de los ocho rostros, de las ocho manos, las ocho mujeres fluyendo en sus trazos.

Imaginó que lo rodeaban, que se acercaban, que lo tocaban, lo humedecían. Trató de no pensar, dejó que ante sus ojos se formaran las líneas sin querer interpretarlas. Después de un rato el diseño empezó a repetirse. Eran números que a veces se resolvían en espirales, irregulares, temblorosos, con trazos quebrados, ensortijados, llenos de colores, de grosor variable. Delgado empezó a nombrarlos a medida que se dibujaban. Alargaba el sonido de la o, para hacer coincidir la palabra con el tiempo que tardaba la cifra en dibujarse: "Ocho... ocho... ochos". Uno detrás de otro, varios ochos a la vez. Los nombraba en voz alta y los trazos empezaban a llegarle con creciente rapidez, las palabras se juntaban, chocaban, se atropellaban, oooochochooochos, y después de repetir y repetir esos so nidos, y de hundirse en su tibieza, sintió que el universo se rompía en mil pedazos y todo se detuvo y después solo hubo rumores cada vez más lejanos.

III

Confieso que he matado

No hablaré de animales —un perro, una paloma y un caballo— para que el cuento que les cuento no sea largo.

Mi debut en el mal fue prematuro.

Llevaba siete meses en el vientre de mi madre. Todo era bello y tranquilo.

Salvo unos mareos iniciales, mamá gozaba de salud perfecta.

Todo era expectativa y ropa nueva.

Un día, mamá fue de compras con la abuela a un centro comercial.

No sabría explicar por qué razón mi pierna se movió cuando las dos mujeres bajaban por una escalera eléctrica.

Mamá dio un gritito estupefacto y se volvió para contarle a su madre que acababa de sentir una tierna patadita. Llevó ambas manos a la parte inferior del vientre y puso gesto de estar atenta a los acontecimientos de su interior.

Las dos mujeres estallaron en risitas y saltitos jubilosos.

Ésa fue la última risa de mamá.

Desatenta al transcurrir de la escalera, tropezó y cayó de espaldas cuando llegó al final.

* * *

Mis dos abuelas decidieron hacerse cargo del asunto.

El asunto era yo.

A pesar de que rara vez estaban de acuerdo, lograron que yo sobreviviera.

Consiguieron una nodriza negra, llamada Evangélica, para que me amamantara. El poder destructor de mis encías fue, durante mucho tiempo, tema obligado en las con versaciones familiares. Tanto sufrió mi pobre nodriza, a causa de mi desesperada sed de vida, que cuando me acostumbré a los biberones se despidió de las abuelas, no esperó a recibir pago por su trabajo y nunca se volvió a saber de ella.

Bueno, yo sí supe de ella, pero mucho después, cuando no había ya nadie para compartir la noticia.

Mi padre se había convertido en un ente después de la muerte de mamá. Permanecía todo el día sentado en una silla de la sala, con un retrato en las manos.

Cuando alguna de las mujeres pasaba por ahí conmigo, mi padre levantaba una mirada amenazante y me gruñía.

Nunca me cargó.

No recuerdo que en mi infancia haya tenido conmigo un gesto de cariño.

Solo mucho después pudimos sentarnos a hablar, pero más le habría valido seguir callado.

* * *

Durante la fiesta de mis nueve años ocurrió una anécdota sin par.

Para entonces, la abuela Chepa había ido cediendo en sus aspiraciones de poder. Se había hecho a la idea de que estaba en casa ajena —era de la abuela Fabiola, se la compró su marido una semana antes de morirse— y había terminado por obedecer sin quejas lo que le mandaba su compañera en el equipo encargado de mi crianza.

La abuela Fabiola había obligado a mi padre a levantarse de la silla y a soltar por un momento el retrato de mamá. Por primera vez en la vida estuvimos los cuatro reunidos en la mesa del comedor.

Pero cuando me dispuse a apagar las velitas, alguien notó que faltaba algo, que no bastaban dos ancianas y un ente para hacer una fiesta.

Entonces, la abuela Chepa salió a la calle y reclutó a cuatro niños.

No eran amigos míos. Después, uno de ellos casi llegó a serlo. Pero le daban a la mesa un admirable aire de fiesta. Creo que por primera vez en esa casa todos estábamos contentos al mismo tiempo.

Después de los ires y venires con el pastel y el helado, llegó la hora de los regalos.

La abuela Fabiola me dio un reloj en el que Mickey Mouse tenía un brazo más corto que el otro. Con un disimulo que todos advirtieron, puso un paquetito cuadrado en las manos de papá y lo empujó para que caminara en mi dirección. Cuando estuvo cerca de mí, traté de tomar la cajita, pero él ofreció resistencia un momento y luego la dejó ir. Soltó una carcajada cuando caí al suelo.

Fue la primera vez que vi reír a papá.

Ignoro lo que pasó en ese instante, pero cuando me levanté, atemorizado, con ganas contenibles de llorar y tanteando la bola que empezaba a crecerme en la cabeza, el autor de mis días era otro. Mi caída, en cierto modo, había restituido el equilibrio. Tan abrupto fue el cambio, y tan radical, que se acercó a mí sonriendo, me pasó la mano por la cabeza y me dijo: "Sana que sana, culito de rana. Si no sanas hoy, sanarás mañana".

Pero la metamorfosis de papá no fue lo único raro de mi fiesta de nueve años. Cuando le llegó el turno a la abuela Chepa, se acercó a mí, me dio un beso en la frente, y me dijo: "Ya viene tu regalo". Entonces caminó hacia la puerta de la casa.

Nos pareció raro que caminara hacia la calle. Era de su ponerse que tuviera el regalo en su cuarto.

Después se nos ocurrió pensar que había escondido el regalo en una casa vecina, para sorprendernos a todos. Pero nuestras conjeturas se fueron desmoronando con los años.

Nunca volvimos a tener noticias de la abuela Chepa. Hasta el sol de hoy —por cierto, qué sol hace— no he podido encontrar rastro de ella. Pasé casi toda la vida sin poder descifrar el sentido de aquel gesto.

Después, mucho después, fui capaz de entender y agradecer el regalo de su ausencia.

* * *

La desaparición de la abuela Chepa incrementó los achaques de la abuela Fabiola.

Una semana después de mi cumpleaños, papá tuvo que acompañarla al hospital porque se sentía morir. Le descubrieron azúcar en la sangre, presión alta y una arritmia en el corazón. Cuando regresó del hospital se instaló en su inmensa cama, rodeada de fotografías de antepasados y de imágenes de santos, y solo muy pocas veces se volvió a levantar.

Papá ya no se sentía tranquilo en su silla de la sala. Muchas cosas definitivas le habían ocurrido. La primera: mi caída. La última: enterarse de la situación financiera de la familia.

Una mañana me llamó casi en secreto cuando me vio salir del cuarto de la abuela. Me pidió con gestos que me acercara, apoyó por primera vez la mano en mi hombro y me habló con susurros apremiados.

—¿Cómo está?

Yo le dije que bien, que llevaba dos días sin quejarse.

—Tenemos que conseguir dinero con urgencia —tenía cara de estar pidiendo prestado—. Ahora, con las medicinas, hay más gastos.

Yo lo miré en silencio. Alejé un poco la cabeza para verlo mejor. Nada había preguntado y no se me ocurría algo para decirle.

—¿Qué se te ocurre, hijo?

Yo le dije algo que me salió sin esfuerzo y sin pensarlo:

—Vuélvete mafioso. Dicen que esa gente gana mucha plata.

Mi padre entrecerró los ojos desconfiado, tratando de adivinar en mi rostro si yo le tomaba el pelo. Pero no, hablaba en serio, y desde ese día por la tarde salió a buscar la manera.

Con su inteligencia no fue fácil.

El primer día, según supe después, buscó en el directo rio telefónico de una cabina pública el número de la Mafia.

Después empezó a acercarse poco a poco.

Las ausencias de mi padre empeoraron el estado de la abuela. Le habíamos dicho que estaba buscando un trabajo, pero le aterraba la idea de que su hijo saliera a exponer se a los peligros de la calle. Muchas veces trató de retener lo fingiendo recaídas. Lo obligó a pedir ambulancias, exigió que la llevaran a hospitales donde médicos sonrientes e irritados la hacían esperar eternidades en camillas antes de mandarla a casa.

Con el tiempo, papá aprendió a negociar con sus pataletas. Algunas veces la regañaba como si fuera su padre, le decía que se dejara de niñerías, que nada malo iba a pasar y que tampoco tardaría. Otras veces, cuando el agravamiento se volvía más histriónico, papá suspiraba, decía: "Me quedo" y se sentaba en su silla, sin la foto de mi madre, porque yo la había escondido.

Un día que papá decidió mostrar fuerza de carácter, se despidió de la abuela con un beso en la frente y silenció sus protestas con la palma de la mano.

—No quiero oír más esta novela —dijo con una seguridad recién adquirida en su nuevo ambiente de trabajo.

La abuela se calló en seco y me miró como perrito regañado. Yo levanté las cejas con un gesto que nada significaba. Cuando papá salió, la abuela arrugó la frente, hizo un puchero adolorido con los labios y me dijo:

—Pídeme una ambulancia.

Yo busqué en la mesita de noche la tarjeta del hospital y me fui a la sala a llamar. Dije lo que tantas veces había oído decir. La voz me preguntó el nombre de la abuela y la dirección. Pude responder sin ningún problema. Luego me hizo una pregunta más difícil:

—Y dígame una cosa, ¿qué tan grave es la situación? El asunto es que ahora mismo tenemos otra emergencia.

Recuerdo que callé un momento, que miré hacia la puerta del cuarto de la abuela y respondí tranquilo y bien educado:

—No es urgente, señorita.

La ambulancia tardó cerca de hora y media.

Invertí ese tiempo en vestirme y ayudar a vestir a la abuela.

Recuerdo la tristeza que me dio el erosionado paisaje de sus tetas.

También tuve tiempo para llamar y dejarle a papá un recado en el café que empezaba a convertirse en su oficina.

En la ambulancia me hicieron viajar entre el conductor y una paramédica.

El hombre no paraba de sonreírme.

Cada vez que necesitaba hacer un cambio terminaba poniendo la mano sobre mi muslo. A mí la cosa me pareció rara, pero la situación no estaba como para terminar de complicarla. Así que decidí convencerme de que el brazo se le cansaba.

Por fortuna no tardamos en llegar.

La gente del hospital se llevó tan rápido a la abuela, que pronto la perdí de vista.

Estuve dando vueltas por los pasillos un buen rato, preguntando por su paradero, pero nadie parecía saber de ella.

Al final me senté en el borde de una fuente que adornaba un patiecito.

Me estaba preguntando qué es el agua cuando llegó la paramédica a buscarme. Me pasó el brazo sobre los hombros y me fue llevando por un pasillo.

—Tenemos que avisarle a tu padre.

Yo dije que le había dejado un recado en su oficina, que no debía tardar.

—Tienes que estar tranquilo —me dijo.

Yo estaba tranquilo. No veía por qué pudiera no estarlo.

Cuando entramos al cuarto, la abuela dormía en una cama más pequeña que su cama.

Me acerqué para hablarle, pero noté algo raro: su rostro había perdido las arrugas.

Ahora parecía que no le dolía nada.

* * *

Con la muerte de la abuela, fui yo quien quedó paralizado.

Pasaba días enteros en la silla que había sido de mi padre, mirando el retrato de mi madre y echándome la culpa por la muerte de la abuela. Habría bastado una respuesta distinta, cuando pedí la ambulancia, para que ella estuviera viva y sufriendo tranquila en su cuarto.

Papá entraba y salía de la casa con pasos cada vez más decididos.

Yo quise hablarle del remordimiento que tenía, confesarle llorando que la abuela había muerto por mi culpa, pero él no dejaba de hablar. Siempre traía sorpresas: unas botas de cuero de serpiente cascabel, un sombrero Stetson, un violín Stradivarius, una cabeza miniaturizada por los indios del Amazonas.

Al final desistí de hablarle y me dediqué a tratar de sacarle ruidos decorosos al violín destartalado.

Como nadie había pensado en ponerme en una escuela, mi escuela fue el televisor.

Los programas que más me gustaban eran los documentales. Ahí había aprendido que ser mafioso era el mejor trabajo. Ahí aprendería casi todo.

Entre el violín, la televisión y la avalancha de cachivaches que papá traía a la casa, llegué a mis catorce años.

Me sorprendió verlo llegar a la casa con un pastel gigante y un montón de señores y de niños. No había tenido una fiesta de cumpleaños desde que se fue la abuela Chepa.

Papá estaba radiante. Tenía una sonrisa inmensa y en su pecho brillaba una cadena de oro con un dije gigantesco que representaba La Última Cena. La túnica de Jesucristo tenía incrustaciones de platino y los ojos de todos, excepto los de Judas, estaban hechos de chispitas de diamante. Me presentó a toda esa gente como su "heredero" y les ordenó a los niños que jugaran conmigo.

Los señores se pusieron a beber en la sala y los niños nos fuimos al cuarto de la abuela. La única posibilidad de diversión que nos brindaba ese lugar eran las fotos y las láminas de santos. Decidimos descolgar todo eso y ponerlo encima de la cama. Hubo que mover sillas y armarios para alcanzar los más altos.

Luego llevamos todos los cuadros hasta el patio y es tuvimos practicando puntería con guijarros, hasta que los amigos de papá decidieron marcharse y llamaron a sus hijos.

Al final quedamos solos, papá y yo, mirando el piso del patio repleto de cristales destrozados y de cartones rasgados.

—No te preocupes —dijo cayéndose hacia los lados—. Somos ricos, podemos comprar las fotos que queramos.

Yo pensé que tal vez sería difícil volver a reunir a la gente de las fotos, pero no dije nada. Me tenía enternecido el nuevo tono de mi padre.

Se dedicó a buscar mis ojos entre el vaivén del alcohol y cuando creyó encontrarlos dijo:

—Ya eres grande. Si algo llegara a pasarme, la casa que da a tu cargo.

Se aferró a mis cachetes pellizcándolos. Buscó de nuevo mis ojos y me habló con gesto malicioso.

—Supongo que ya subiste escalas. Yo no entendía lo que me decía.

—No te hagas el inocente —soltó mis mejillas, sacó de un bolsillo del pantalón un fajo gordísimo de dinero. Contó sonriente, deteniéndose a ratos para mirarme de reojo.

—Toma —puso cinco billetes en el bolsillo de mi camisa—. La primera vez es para siempre.

* * *

El día de mi decimocuarto cumpleaños fue la primera vez que salí de casa por la noche.

En la esquina me encontré con uno de los niños que habían estado en mi fiesta de nueve años. Lo saludé. Me saludó. Hablamos dos o tres cosas. Le pregunté qué era exactamente subir escalas. Se rio y me preguntó cuánto tenía. Le mostré los billetes y me dijo: "Si me invitas, te llevo".

Lo invité y me llevó.

Las escalas eran empinadas y la mujer que me tocó era fea, pálida hasta la anemia, con el pelo muy negro y un mechón blanco que le caía sobre la frente.

Cuando estuvimos a solas en el cuarto me ordenó que me desnudara. Me examinó con espíritu científico y dictaminó amable: "Estás limpiecito".

Yo empezaba a decirle que era la primera vez que me acostaba con una mujer, pero ella me interrumpió. Estaba desnuda y patiabierta sobre la cama.

—Apúrate, tesoro, que me muero de ganas.

Cuando me hallaba adentro, la mujer empezó a sacudir la cadera con movimientos violentos. Por un momento pensé que me lo arrancaría y que se quedaría con él puesto. Pero después de la zozobra y del aturdimiento de los primeros instantes, conseguí sosegarme y empezar a aplicar conocimientos que el televisor de casa me había dado.

No me sorprendió ver la transformación de sus gestos. Me tenía confianza y sabía lo que se hacía en esos casos. Hacía poco había visto el documental sobre los taoístas. Vi que me dirigía una sonrisa que podría llamar perversa.

—Mentiroso. A cuántas les habrás dicho que es la primera vez.

Después cerró los ojos y dejó de sonreír. De su boca salían quejas cavernosas.

A cada movimiento mío salía una queja suya. Si me movía rápido, se quejaba rápido.

Si me movía despacio, se quejaba despacio.

Después de una serie de movimientos lentos me detuve un momento.

Ella entreabrió los ojos y me dijo en susurros:

—Me vas a matar.

Entonces volví a moverme. Primero despacio y después más rápido y después mucho más rápido y después con una rapidez descomunal.

Al final sus quejas eran una sola queja larga, agónica y aguda que se disolvió en silencio.

* * *

—Tiene un valor incalculable —decía mi padre mientras yo la examinaba y me preguntaba cuál podía ser el mérito de ese juguete burdo. Pensé que lo habían engañado una vez más.

Al principio me pareció como un sueño o una mentira. Tenía un rostro fruncido y oscuro, de facciones asiáticas. Parecía estar sufriendo por un cólico infame. Tenía un cabello demasiado largo para sus proporciones. La única manera de agarrarla, de manipularla, de traerla y llevarla y acercarla a los ojos era tomándola por ese cabello grueso y azabache, quizá lo más vivo de todo el conjunto.

—Es real —dijo mi padre—. Los gringos pagan millones por una como ésta.

Yo trataba de sentir la realidad de esa cosa grotesca y diminuta, pero no lo lograba. Papá decidió ponerla encima del televisor. Logró equilibrarla con la ayuda de un cenicero de cristal. Le ordenó los cabellos, le sonrió con cariño y se olvidó de ella mientras le estaba dando la última mirada.

Yo me obligué a interesarme en ese rostro casi verde, remoto, sin alma. Pasé días enteros con el televisor apagado, mirándolo, tratando de explicar el truco, imaginando al artesano que modeló facciones con la piel de una vaca, que se propuso hacer orejas opuestas e idénticas, que compiló cabellos entre sus allegados, que fabricó pestañas y cejas con paciencia triunfal.

Luego me fui aburriendo y volví al televisor.

A veces he pensado que la vida es una historia que alguien está contando. He pensado también que el narrador es torpe, que le falta elegancia, que resuelve los apuros de manera tan obvia que solo inspira lástima. El pobre narrador necesitaba que yo me interesara en el canal de los documentales, que viera el informe sobre las cabezas reducidas del Amazonas, que asistiera con atención boquiabierta a la explicación del método: la cabeza aún tibia, el cráneo ex traído casi con cariño, la mezcla de líquidos, piedras y arena que encogía la piel de la víctima conservando las facciones.

Ignoro en qué momento me acerqué al televisor para tomar la cabeza. Estaba fascinado con el documental. Supe que en un museo de Nueva York está el conquistador español al que los indios redujeron de cuerpo entero hasta dejarlo de ochenta centímetros. Conocí también la historia del explorador alemán que se internó en la selva para tratar de investigar sobre el proceso: su cabeza reducida, rubia y barbada apareció meses después en un mercado de Iquitos.

Cuando volví a mirar la cabeza que tenía en las manos, sentí que la miraba por primera vez.

Sentí también que todavía estaba viva, que mis manos acababan de arrancarla, que aún tenía sueños y pesadillas, y que quería hablarme.

Dejé caer aquella cosa abominable como si me quemara. Caí de rodillas ante ella en el suelo de la sala.

Cerré los ojos con fuerza como si me atacara un cólico terrible y dije, con los dientes apretados:

—Dios mío, es real.

* * *

Durante la adolescencia, mi afición predilecta era menear el plectro a solas, sin testigo, libre de amor, de celo, de odio, de esperanza y de recelo.

La muerte de la prostituta fea había matado en mí el interés por buscar otros encuentros. Salía poco de casa, no hablaba con nadie, excepto con papá, cuando llegaba con alguno de sus anuncios trascendentales.

El chico que me había acompañado a subir escalas se cambiaba de acera cuando me veía. Aquella noche se había vuelto energúmeno conmigo porque yo insistía en que me metieran a la cárcel.

—Yo la maté, la maté —le decía a todo el que pudiera oírme.

Pero nadie quería escucharme.

En un arrebato de desesperación, el chico me tapó la boca y me aplicó una llave de judo. Cuando me tuvo controlado dijo con furia contenida:

—¿No oyes, cretino? ¿Escuchaste lo que dijo el administrador? La mofeta había sufrido tres infartos. Su muer te era de esperarse.

Al final logró arrastrarme hasta la calle y me llevó hasta mi casa a los empujones. Ni siquiera esperó a que abriera la puerta. Agachó la cabeza y se alejó farfullando.

Los fines de semana papá solía invitarme a la hacienda de su jefe, pero yo siempre le decía que no.

Solo fui a uno de los paseos de esos mafiosos de pacotilla y no me quedaron ganas de volver.

Primero me montaron en la parte de atrás de un Mercedes Benz. Papá estaba a mi derecha y un hombre de gafas impenetrables ocupó el espacio a mi izquierda. El hombre que conducía tenía un sombrero de vaquero que dejaba asomar por debajo una calva brillante. A su lado iba un su jeto largo y flaco de cabello desgreñado. Me saludaron con sonrisas que duraron muy poco tiempo en sus rostros. De repente, todos los que estaban en el auto sacaron de lugares insólitos armas de corto y mediano alcance.

La cosa, en un principio, parecía un juego. Pero iban demasiado serios para estar jugando. El hombre le hizo señas a la gente que ocupaba otros autos idénticos y formaron una caravana que alternaba el orden todo el tiempo. Así salimos de la ciudad y llegamos a la finca del jefe. Todo el tiempo tuvieron las armas preparadas. Supongo que en los otros autos ocurría lo mismo. Después de la sorpresa y el terror, pasé el resto del viaje mirando de reojo la actitud de mi padre. Era un hombre muy distinto al que miraba y remiraba la foto de mi madre. Había un brillo fanático en sus ojos. Sostenía con ambas manos su calibre 38 de acero y alargaba los brazos apuntando hacia el piso. Cuando por fin llegamos, las armas desaparecieron. En la hacienda había también mujeres y niños. Ese día hice los primeros disparos de mi vida.

Uno de tantos cavernícolas fue comisionado para entretener a los niños y no encontró nada más oportuno que un juego de tiro al blanco. Nos llevó cerca de un bosque cito que empezaba detrás de la casa. Puso una lata de sopa encima de una piedra y nos fue pasando una pistola enorme y negra, hermosa y fría, calibre 45.

Mis disparos no pegaron en la piedra, mucho menos en la lata. Siguieron de largo quién sabe con qué rumbo. El resto de la vida he tenido la sensación de que esas tres balas están volando por ahí y que es posible que haya muertos cuando encuentren su destino.

El regreso a la casa se produjo en circunstancias similares. En lugar del hombre de gafas, viajaba a mi lado la novia del jefe. Era una mujer divina, de cabello oscuro y blusa muy blanca, que me hizo gestos dulces todo el tiempo. Ella y yo éramos los únicos inermes. Cuando hablaba gesticulaba mucho con los brazos y yo podía ver, por entre los botones sueltos, la vibración de sus pechos generosos. A veces dejaba caer su mano sobre mi muslo y me sonreía. Yo traté de responderle a su sonrisa con un gesto que le dijera que no era un niño sino un hombre hecho y derecho, pero me dio pavor ese juego cuando la imaginé muertecita de la dicha.

Cuando estuvimos en casa, papá creyó necesario darme algunas explicaciones. Me dijo que los tiempos eran difíciles y el negocio, peligroso. Me aseguró, sin que se lo preguntara, que no había matado a nadie. Me habló también de la otra gente, de las leyendas que circulaban sobre el calvo del sombrero, de su afición a torturar usando fresas de dentista. Habló, con envidia mal disimulada, de todas las mujeres con que se acostaba el jefe. Habló del jefe, tratando de descartar, como un defecto menor, que llevara más de cien muertos encima.

Esa noche vomité hasta las tripas. Desde la puerta del baño, papá me preguntó qué me había caído mal. Tres torrentes más tarde le pude contestar.

—Son las balas, papá.

* * *

También soy responsable de la muerte de mi padre. Lo soy más que esa persona sin rostro y sin nombre que tiró del gatillo.

Después de aquel paseo abominable, tuve la tentación de decirle que abandonara todo eso, que era un juego demasiado peligroso, que no se justificaba. Pero olvidaba mi intención cuando lo veía llegar, feliz con la nueva adquisición: un televisor de miles de pulgadas, una silla que se transformaba en bar, en cama o en altar; una colección completa de los discos de Tito Puente y otra con los conciertos de Juan Sebastián Bach.

A veces el grupo tenía reuniones en nuestra casa. La cuadra se llenaba de automóviles de lujo y hombres de gesto oscuro se repartían por el vecindario. Entonces papá y los principales (supongo que papá también tenía algo de principal) se encerraban en el cuarto de la abuela. Duran te una de esas reuniones, el jefe salió a buscar un poco de agua y encontró que no había nadie más en casa, salvo el chico del violín.

Cuando lo vi acercarse me pareció gigantesco. Pensé que los muertos que llevaba encima romperían el techo. Decidí que en adelante llevaría el cabello desgreñado.

—¿Cómo te va con el violín? —me habló con voz dulce.

No supe ni pude ni traté de decir nada.

—¿Me dejas buscar agua en la cocina?

Me pareció un chiste, pero hablaba en serio. Era el ser más elegante y de mejores modales que había visto.

Cuando volvió de la cocina con el agua se acercó a darme las gracias. Antes de ir a encerrarse en el cuarto acarició mi mejilla con la mano derecha, dibujó una sonrisa y se alejó en silencio. Aún logro concentrarme en el recuerdo y revivir el cosquilleo de ternura que dejó sobre mi rostro aquella mano.

Cuando terminó la reunión y todos se marcharon, papá me entregó una cajita envuelta en papel de regalo.

—Toma. Dice Panelo que le debes un concierto para su cumpleaños.

La cajita tenía una loción de color azul claro y fragancia indescriptible.

Panelo fue asesinado al día siguiente, poco antes de la una de la tarde.

"Hijueputa, me mataron", fue lo último que dijo.

La noticia de su muerte dejó a mí padre deshecho. Pasó casi tres días sin salir, bebiendo, llorando, diciéndome que no era justo que mataran al único amigo que había tenido.

Después del desahogo con el llanto, vinieron días de expectativa y miedo. El teléfono no paraba de sonar y papá murmuraba con énfasis ansiosos. Hubo también muchas visitas, reuniones fugaces en el cuarto de la abuela. Pero con las semanas las cosas volvieron a calmarse. Ya entonces yo era consciente de lo fácil que se olvida un muerto. Me pareció natural que papá volviera a llegar sonriente, que siguiera trayendo cacharros y armatostes. Las noches sigilosas y estratégicas también formaban parte de los ciclos.

Una de esas noches papá me hizo un esbozo de los acontecimientos. La muerte de su jefe la habían ordenado nuevos grupos que querían apoderarse del negocio. Los nuevos no querían sanguinarios y preferían matarlos. Su estilo era distinto, compraban policías y políticos y todos tan contentos.

Pero eso no era todo. Quedaba un gran problema: se había desatado una matanza entre los que querían la fortuna de Panelo. Todos desconfiaban de todos. Los que sabían mucho resultaban incómodos. Lo único que podían hacer los pacíficos como papá era tratar de contactar a todos los bandos y proclamar su falta de ambición.

Esa noche papá me aseguró que poco a poco todo aquello se iría tranquilizando. Los meses siguientes parecieron darle la razón. Las llamadas habían desaparecido casi por completo y se hacían muy pocas reuniones en la casa.

Lo único diferente en esos días era la persistencia de mi padre con el trago. Cada vez que recuerdo los últimos meses de su vida los veo como una borrachera que no se interrumpía.

Su trago favorito era un whisky llamado Pingüino. La botella tenía base arqueada y, si uno la ponía a balancearse, parecía caminar como un pingüino.

Una noche, frente a una ondulante botella de whisky, papá me confesó que se sentía cansado. Dijo que ya había conseguido todo lo que quería y que a veces pensaba que su vida carecía de sentido.

Lo miré alarmado.

En ese momento comprendí que yo era tan hijo suyo como él era hijo mío. Sentí que debía actuar con decisión y disipar la flaqueza de ese instante.

—No sé qué hacer —me dijo desolado, con la mirada roja y unas ojeras largas.

Entonces recordé la fuerza de sus gestos durante sus primeros días en la mafia, el cambio que la fe le dio a su vida. Pensé también, envenenado de egoísmo, en mi sueño callado de viajar a Milán, convencido de que allá mi violín sonaría mejor.

—Consigue más plata —le dije.

A la semana siguiente, un nuevo grupo empezó a reunirse cada noche en el cuarto de la abuela.

A mediados de agosto soñé que me hundía entre el fango y las lápidas de un cementerio enorme. La angustia era creciente. Ya solo me quedaba un brazo y la cabeza por fuera de la tierra. Si no aparecía alguien me hundiría sin remedio, moriría en ese sueño.

Entonces llegó alguien que ahora no recuerdo y miré agradecido sus ojos muy abiertos. Esperó a que el alivio se fuera de mi rostro y me abrazó y me dijo:

—Mataron a tu padre.

* * *

Dormí mucho tras la muerte de mi padre.

He llegado a creer que lo hacía para pedir explicaciones. Viajaba por aquellos parajes en busca de una sombra que había visto en aquel sueño, pero no volví a encontrarla.

En cambio, encontré olvido y placeres y colores más vivos que los de la vigilia abominable.

Durmiendo, en fin, fui bienaventurado y es justo en la mentira ser dichoso quien siempre en la verdad fue desdichado.

La vida en la vigilia terminó reducida a la mínima expresión.

Cuando tenía hambre abría cualquier cajón con la certeza de que encontraría dinero. Al ver aquellos fajos gordos abriéndose como pavos reales recordaba la noche en que mi padre me mandó a subir escalas.

Un día desperté con el temor de que el dinero fuera a acabarse. Busqué y rebusqué en todos los cajones y reuní una montaña de billetes en el centro de la sala. Parecía un pastel de cumpleaños.

Conté minuciosamente y me dediqué a calcular cuánto podía gastar cada semana si llegaba a vivir hasta los cien años. El resultado era alentador. Podría comprar comida sin problema, podría ir al cine una o dos veces por semana y comprar cada seis meses una camisa y un pantalón. Después de esos cálculos, todavía me quedaba una reserva para accidentes o enfermedades.

Pero cuando tenía todo claramente organizado, empecé a practicar con mi Stradivarius y pensé si no sería insensato creer que viviría hasta llegar a los cien años. Esa mañana empezó a crecer la idea de viajar a Milán. Pero, como soy lento, tardé casi dos años en realizarla.

Aquellos meses fueron tranquilos hasta el cansancio. Yo me levantaba muy temprano, me bañaba, me vestía y me sentaba a practicar con mi Stradivarius. Cuando tenía que comprar algo, salía después del mediodía y a veces se me antojaba ver una película. Cuando me quedaba en casa, hacía una breve siesta y seguía practicando.

Una tarde sentí algo como un relámpago dentro de la cabeza. Me pareció que el violín estaba ardiendo y tuve que soltarlo. Entonces comprendí que esa vida que llevaba no podía seguir así por mucho tiempo. Pasé casi dos días

65

cerca de la ventana, amparado por las cortinas, mirando el mundo de afuera.

Me preguntaba cómo haría para conocer a alguien. Necesitaba con urgencia conversar con alguien. Por la falta de uso, mi voz salía errática y pastosa las pocas veces que debía usarla. A veces tardaba eternidades para encontrar palabras de la vida diaria. En mi cabeza había más so nidos que palabras.

Pero antes de lanzarme a la aventura de las calles apelé a un nuevo recurso. Imaginé a una mujer que me acompañaba. Le puse un nombre y le adiviné un carácter. Le di los colores y las formas de mis mejores fantasías. Era inteligente y dulce, parecía conocerme más que nadie.

La ilusión funcionó por algún tiempo. En las noches se hacía más palpable. Yo dejaba las luces apagadas e imaginaba nuestra conversación de matrimonio viejo. Hablábamos de todo, de las reparaciones que hacían falta en la casa, de mis complejos y mis miedos, hasta de mis problemas con las uñas y los dientes.

Pero nuestro paraíso empezó a deteriorarse. Traté de discutir con ella lo que nos pasaba y respondió con evasivas. A pesar de su sordera, le dije que a nuestro amor le hacía falta carne y deseo también, que no bastaba que me entendiera y que muriera por mí. Pero ella siguió hablan do de abrir espacio. Se puso a hacer una lista de cosas que podíamos botar o regalar.

Ese día dejé la cosa así. Pero ya los calderos del deseo empezaban a arder.

Una noche de viernes, después de haber visto una película que me dejó inquieto, llegué a casa silencioso y malhumorado.

Ella me quitó los zapatos, me trajo unas pantuflas y me acarició el pelo. Me preguntó si quería una tisana y le grité que no, que ella sabía muy bien lo que yo quería, lo que venía queriendo desde hacía meses.

Su carcajada fue lo que me sacó de casillas. Empecé a perseguirla por toda la casa. Solo entonces admití que aquel lugar estaba invadido por aparatos inútiles. En mi esfuerzo por alcanzarla derribé muebles y estanterías. Alcancé a meter el pie cuando trataba de encerrarse en el cuarto de la abuela.

El golpe en el tobillo fue fulminante. Pero era menos fuerte que el deseo. Cuando la tuve acorralada contra una esquina, la agarré por las ropas y la arrojé en la cama.

Pasé horas y horas poseyéndola sin misericordia. No dejé de moverme a pesar de su silencio y su quietud, de su rigor creciente. Tenía que retirar del banco de mis glándulas los ahorros de muchos años.

Al final caí rendido. Dormí de un solo golpe hasta el domingo por la tarde. Cuando por fin abrí los ojos, la cabeza reducida del Amazonas me miraba desde cerca y sonreía.

* * *

La víctima siguiente fue un anciano. Después del episodio con la cabeza, procuraba estar poco tiempo en casa. Pronto descubrí que una manera de estar siempre haciendo cosas y en contacto con la gente era uniéndome a grupos de voluntarios. Bastaba llegar a las oficinas de un centro de ayuda para los que necesitan ayuda. Ahí encontraría tareas de sobra.

Decidí probar suerte como lector para ciegos y ancianos. En la oficina me dieron una lista de direcciones. Me recomendaron que hiciera arreglos para visitar a uno cada día, y me pidieron que al final de la semana les pasara la cuenta por los gastos que había tenido.

No voy a hablar de todos. Sé muy bien lo valioso que es su tiempo. Hablaré solamente de tres: dos viejitos y una ciega.

La ciega era... bueno... eh... ciega. También era joven y bonita. Me esperaba los lunes por la mañana en la salita de su casa, con una postura de alumna aplicada, las piernas bien juntitas, las manos bien simétricas sobre la falda gris oscura y bien planchada.

Su madre solía moverse por la cocina o por los cuartos, mientras yo leía en la sala. A veces calculaba silencios o pausas y lanzaba comentarios amables.

La ciega se llamaba Soledad y me pedía que le leyera artículos sobre la moda de París. Sus ojos erráticos y grises parecían perderse aun más cuando yo empezaba a describirle cortes y materiales, pliegues, colores y accesorios.

Era ciega de nacimiento y siempre me intrigó lo que se imaginaba cuando yo mencionaba los colores. Pero nunca pude hablar con ella de esas cosas.

Uno de los viejitos era un ogro, el otro era un santo. El primero era gordo y el otro era flaco. No creo que la contextura tenga que ver con el carácter. He visto flacos perversos y gordos dulces y mansos. Menciono ese rasgo porque es uno de los pocos detalles exteriores que los diferenciaban. Tenían la misma edad: ochenta y tres años. Ambos estaban postrados en sus camas. Ambos tenían el cabello de un blanco impecable y la piel clara. He calculado que tenían la misma altura. Al gordo lo veía los martes por la tarde y al flaco los miércoles por la mañana. Los dos se llamaban Gustavo Adolfo y ambos proclamaban que era el nombre de un poeta, ilustre para uno, cornudo para el otro.

A veces me daba por pensar que eran dos versiones distintas de una misma persona. Imaginaba el momento de la juventud en que se separaron: el autobús que uno tomó y el otro no, el encuentro que uno tuvo y otro no.

El hombre de los martes me recordaba a mi abuela con su manera de quejarse. Era tiránico con sus empleados. Tenía una criada y un chofer a los que mantenía jodidos con una campanita que ocupaba su mesita de noche.

Le gustaba que le leyera sobre Napoleón. A veces, cuando se olvidaba de mi presencia, llevaba la mano al pecho, la deslizaba dentro de la camisa de su pijama y elevaba la frente con gesto marcial.

El otro Gustavo Adolfo era alegre y cariñoso. Nunca tuve que leerle. Me decía:

—No seas pendejo. Mejor me cuentas tu vida. Algo me dice que es más entretenida.

Tenía una rara habilidad para hacer las preguntas necesarias y yo empecé a sentirme a gusto cada miércoles contándole mi historia. Uno se da cuenta de que ha tenido una vida cuando tiene que contarla.

Gustavo Adolfo intercalaba risas cómplices o exclamaciones compasivas. A veces, cuando me veía en dificultades, se decidía a regalarme alguna historia de los tiempos en que ni mis padres habían nacido.

La charla con Gustavo Adolfo me quitaba para el resto de la semana el sabor amargo que me había dejado la charla con Gustavo Adolfo.

Por suerte la amargura duró poco. El último martes que fui a leer a esa casa, el chofer se acercó a la cama del viejo y le preguntó si podía tener con él a su hijo de ocho años, porque ese día no había escuela. El niño tenía orejas grandes y cara de malo.

El viejo apretó los labios con furor, abrió los ojos como si fueran a echarle gotas y gritó.

— ¿Usted qué cree?, canalla, ¿que esto es un orfanato? Al niño se le borró la maldad y se le bajaron las orejas.

El hombre se puso rojo como esa manzana que está ahí, y a mí me fue dando ira mala. Si hay algo que no soporto, si hay algo que no tolero, si hay algo que me saca de casillas es que humillen a una persona frente a sus hijos.

Nadie se dio cuenta de mi enojo. Cada uno estaba reconcentrado en su papel en la tragedia. Respiré hondo y profundo, esperé a que el chofer se marchara del cuarto con el niño, dejé que un silencio sirviera de punto y aparte y propuse leer un capítulo que hablaba de la muerte de Napoleón.

Hice mi mejor esfuerzo en esa lectura. Además de la úlcera o cáncer de estómago, le agregué problemas de diabetes y de presión arterial. También principios de artritis. Mi voz fue lenta y mi dicción perfecta cuando dije que los trajines de su vida le habían dado a su cuerpo la fragilidad y el deterioro de un hombre de ochenta años.

No dejé de notar que ese dato había hecho mella en Gustavo Adolfo.

Seguí mi lectura, cada vez más prolífico y pausado. Hablé de las punzadas de dolor, de las terribles taquicardias y dolores musculares.

Cuando leí el testamento que dictó a finales de abril, lo hice con voz adolorida, como si un ejército minúsculo me atacara por dentro.

Al leer su voluntad de que arrojaran sus cenizas al Sena, me detuve y le pregunté a Gustavo Adolfo qué quería que hiciéramos con sus cenizas. Me miró con unos ojos de terror detenido y no me dijo nada.

Entonces seguí inventando males y dolores, vómitos, mareos y gritos de agonía, hora por hora, día por día.

Cuando por fin llegamos a las cinco y cuarenta y nueve de la tarde del cinco de mayo del año mil ochocientos diecisiete después de Cristo, Gustavo Adolfo, el malo, ya era ido.

* * *

En Milán me fue bien, gracias a Dios. A pesar de que no pude usar mi Stradivarius, porque resultó robado y tuve problemas con la Interpol, logré abrirme camino hasta La Scala. Realicé varios conciertos en las escalinatas, con un violín de ocasión que sonaba como un grillo al que estaban torturando, y mi Stetson nunca permaneció vacío por mucho tiempo.

El único contacto que tenía con mi tierra era Gustavo Adolfo. Nos escribíamos cartas regularmente: él se quejaba y yo le contaba lo que había visto.

Allá en la lejanía me conmovían esos minuciosos lamentos escritos a máquina y en papel de mantequilla. Imaginaba a mi ancianísimo amigo buscando las letras en el teclado como en una sopa de letras.

Me contaba que se deprimía con frecuencia, que estaba enfermo, que yo era el único amigo que tenía, que llamó a otra persona para que le leyera pero que no era lo mismo. Como para borrar el sabor de sus reproches, siempre terminaba sus mensajes hablando de la alegría que le daba saber que yo estaba llegando tan demasiadamente lejos en la vida.

Pero pronto me cansé de ese país tan gesticulante, de esas prostitutas tan frágiles que se morían al menor zarandeo. Pocos meses después de cumplir mi viejo sueño de conocer Milán, mi nuevo sueño era poder volver a casa y no salir sino a lo necesario.

Cuando bajé del avión que me traía de ese país con forma de zapato tuve el impulso de besar el suelo que pisaba.

Lo primero que hice aquel día, después de dejar en casa el equipaje, fue buscar a mi amigo. Llevaba casi dos meses sin recibir noticias suyas y estaba preocupado.

Me recibió su sobrina con gesto compungido. Antes de llevarme a su cuarto me contó que hacía solo una se mana lo habían tenido hospitalizado, que sus pulmones estaban muy débiles, que nunca estuvo sano desde que yo me había ido, que ni siquiera comía y que si seguía vivo era de milagro.

Tardó en reconocerme cuando entré a su cuarto. Estaba en una sillita mecedora al lado de la cama, mirando hacia el piso con gesto distraído.

—Hola —dijo, como si hubiéramos dejado de vernos hacía cinco minutos. Su pecho se movía con dificultad. Parecía empujar sus pulmones con esfuerzos voluntarios del abdomen. Volvió a mirarme y dijo:

—Caramba, ¿cómo te ha ido?

Le dije que bien y lo ayudé a recordarme.

—¿Y ese milagro?

—En este continente tengo más amigos.

Sus ojos se alegraron cuando le entregué la cajita de chocolates. Trató de abrirla de inmediato pero la impaciencia le entorpecía las manos.

Lo ayudé y tomó codicioso un chocolate con forma de espiral. Lo pasó, como si volara, por entre los labios y las encías desdentadas y lo depositó en la lengua con gesto triunfal. Pero la alegría duró poco. La presencia del dulce le llenó la boca de saliva y empezó a toser con una debilidad que daba ganas de llorar.

Su sobrina vino alarmada, pero él levantó una mano para tranquilizarla.

—Todo bajo control —dijo con una voz que presumía de saludable—. Me alegra mucho verte —me dijo cuando de verdad tuvo todo bajo control.

Seguimos hablando un poco más, pero estábamos cansados y le prometí volver al día siguiente. Antes de despedirnos me dio un consejo extraño que aún no he comprendido: "Hay muchos que se repiten por dinero. No cometas ese error". Cuando salía de su cuarto lo vi cerrar los ojos y sonreír aliviado.

Esa noche murió ahogado con sus babas. Cuando su sobrina lo encontró, tenía la boca abierta y en el fondo se veía navegar un chocolate.

* * *

Un día, después de salir de la casa de Gustavo Adolfo, después de haberle repetido a su sobrina que todo era culpa mía, y de oírla decirme de nuevo que no viera las cosas de ese modo, que pensara en lo feliz que su tío se había puesto cuando volvió a verme, en la alegría que yo le había salido a la calle, sintiendo otra vez llevadero el peso de la culpa, me crucé con Soledad.

—Hola, Soledad —le dije y ella se detuvo, movió la cabeza en todas direcciones y arrugó el ceño.

Tenía unas gafas oscuras que ocultaban el frenesí de sus ojos. Llevaba un bastón larguísimo con el que tanteaba el futuro de sus pasos. Vi que se disponía a seguir y volví a hablarle.

—¿No te acuerdas de mí?

—Cómo olvidarte —dijo—. El problema es que no sé si eres tú o el recuerdo que tengo de ti.

La acompañé hasta su casa tomándola del brazo. Me preguntó por la moda de Milán, me pidió que recordara un domingo cualquiera y que le describiera la ropa que llevaba la gente en una plaza. Con los ojos ocultos era realmente bella.

Antes de despedirnos me obligó a prometerle que iría a leerle.

El lunes siguiente, a las diez de la mañana, estábamos sentados en la sala de su casa hablando de un vestido de organdí.

En fin, en fin, tras tanto acá y allá yendo y viniendo, tras tanto variar vida y destino, y de moverme de uno en otro desatino, terminé por encontrar un plácido equilibrio. Pasaba casi todo el tiempo en casa dedicado a leer (mi vida de violinista estaba liquidada). Salía los miércoles a comprar comida y a pagar las cuentas de los servicios. Casi todos los viernes iba al cine. Los lunes le leía a Soledad.

Algunas veces las visitas se prolongaban hasta la tarde. Pronto se hizo común que su madre me invitara a almorzar con ellas. Pronto llegó también a ser natural que se marchara y nos dejara solos en la casa.

Cuando Soledad me dijo que estaba embarazada agradecí en secreto que no hubiera visto mi primer gesto.

Tardé solo unos segundos en reponerme del golpe, pensé: "Qué diablos" y le dije:

—Acabas de hacerme el hombre más feliz que hay en el mundo.

Mis visitas se intensificaron. Algunas noches de lluvia, la madre de Soledad me invitaba a quedarme y cumplía con el protocolo de ponerme una sábana en el sofá. Luego se en cerraba en su cuarto prometiendo, sin decirlo, que no se interesaría en lo que pasara esa noche en su casa.

Soledad me conducía sigilosa hasta su cuarto y nos amábamos sin luz y sin tropiezos.

Un día, cuando ya su barriguita era como una luna llena, fuimos de compras a un centro comercial.

Como no sabíamos si sería niño o niña, decidimos comprar ropa blanca en una de las tiendas del segundo piso.

La tienda de las cunas estaba en el primero.

Apenas ayudé a Soledad a poner los pies en la escalera eléctrica sentí un relámpago en la cabeza y me dejé arrastrar hacia lo hondo con una fascinación inexplicable.

Dos peldaños delante de mí, Soledad y mi hijo viajaban confiados.

En el techo de cristal se veía un hermoso cielo azul de primavera y pensé que la vida era bella, después de todo.

También esta patada fue involuntaria.

IV

Las sacerdotisas

A la mañana siguiente, un martes soleado, poco después de la clase de cultura, viendo a Regina bailar un flamenco descompuesto, antes de decidirse a ser visible y cruzarse con ella, Magnífico Delgado regresó desde el éxtasis y se recordó la regla de oro: ocultar su deseo.

Tal vez había sido el cansancio acumulado, la manera atropellada de llegar e instalarse y empezar a enseñar, lo que hizo tan inestable el primer día de clases. Había dormido poco la noche anterior, le costaba creer que tenía una suerte tan grande: ocho mujeres en la clase de escritura, prestas a cumplir sus órdenes, a inclinarse aferradas a plumas y bolígrafos, para su deleite personal.

Esa mañana había llegado a la clase de cultura con el rostro demacrado, la mirada enrojecida, las palabras tras tornadas. Todavía sentía el rubor en la cara por el desliz lamentable: sexo y texto se parecen, pero no son tan cercanas como para pensar que a cualquiera podría ocurrirle confundirlas. Al final de la clase se había marchado del salón sin dar la oportunidad de que alguien le hablara. Gesticuló la excusa de tener prisa. Fue al piso donde estaban las oficinas del Departamento de Lenguas y Culturas Extranjeras, buscó el baño y se dedicó a respirar hondo y a pensar.

Cualquiera con un poco de inteligencia, o con rudimentos de psicoanálisis, habría notado que Delgado tenía la cabeza poblada de sensualidad. Era posible que algunos en la clase hubieran percibido que su mirada se perdía con frecuencia en el escote de Regina, que se fijaba más de lo necesario en los labios brillantes de la chica de Guanajuato. El hombre que había sido hasta hace poco no se habría permitido cometer errores semejantes, habría sido el dueño absoluto de cada gesto y palabra.

"Olvidarán", se dijo. "Tendré que ayudarles un poco, pero muy pronto solo yo me acordaré del incidente".

Magnífico Delgado entró a las oficinas del Departamento, saludó a secretarias y colegas, sin prisa, sonriente y amable, dispensando anécdotas ligeras sobre la vida bajo cero en Syracuse. Luego salió del edificio.

Cuando caminaba por el antejardín pudo ver que Regina se acercaba desde el otro lado de la calle, que se disponía a cruzar.

Los arbustos le daban el privilegio de ver sin ser mirado. Supuso que, después de la clase de cultura, Regina había ido al centro estudiantil, y que ahora se dirigía a la biblioteca. Pensó que se encontraría muchas veces durante aquel verano con esa adusta belleza, justo en la plenitud, a punto de emprender la decadencia: de lunes a viernes, todas las mañanas; los lunes y miércoles, también por la tarde. Caminó con lentitud, observando con detalle aquel rostro, recordando la proximidad en el delirio de la noche anterior. La vio llegar hasta la esquina, detenerse, esperar a que pasara un auto y empezar a cruzar.

Magnífico apreciaba el escote, buscaba con los ojos la textura de los senos cuando ella empezó a sacudirse en medio de la calle.

Aquellos movimientos espasmódicos sacaron a Magnífico de un hondo arrobamiento.

Al principio no entendió lo que pasaba. Los brazos de Regina se movían desesperados, subían y bajaban. Su trenza se sacudía, robándole el brillo a la mañana. Los saltos que daba levantaban la falda en el límite justo de la revelación, y sus senos perfectos vibraban contenidos, llenando a Magnífico de agonía y gozo.

"Disimula, Magnífico", se dijo a sí mismo. Se había descubierto con los ojos salidos y la boca muy abierta, a punto de babear. Algo dentro de él repetía sin convicción: "Los profesores no desean", y una voz que le hablaba de mucho más adentro, agregaba compasiva: "y, si llegan a hacerlo, nunca debe saberse". Empezó a caminar hacia la calle, notó que no era el único a quien desconcertaba la misteriosa danza.

Regina era una flor mecida por la música del sol. Se movía como si el espíritu de Mylee Haulani tratara de poseerla y ella se resistiera. Era la danza más bella del mundo y al mismo tiempo la más fea.

Pero el éxtasis duró poco.

Delgado vio por fin la razón del movimiento: una abeja rodeaba y trataba de atacar a Regina. Calculó por un momento el peligro de que un auto viniera y la atropellara. Corrió hasta el borde de la acera con la intención de ayudar, pero ya la muchacha había conseguido librarse del asedio y terminaba de cruzar, enrojecida y alterada.

—Ten cuidado —le dijo Magnífico cuando se encontraron frente a frente. La muchacha le sonrió y se alejó avergonzada.

Magnífico cruzó la calle, atravesó inexpresivo el centro de estudiantes y fue a meterse en su auto. Pensó en la flor de Regina, en la abeja anhelante. Recordó la leyenda romana de que las abejas jamás molestan a las vírgenes, pero ata can con furia a las mujeres que acaban de perder la virginidad. Virgilio vivió en tiempos en que se creía que las abejas eran asexuadas y les dio una explicación moral a los ataques. Aristóteles decía que las mujeres, después de estar con un hombre, emanaban un olor almizclado que atraía y excitaba a las abejas. Más allá de sus conocimientos sobre lenguas y culturas, Delgado había pasado su vida acopiando curiosos saberes sobre el cuerpo femenino. Le bastaba mirar los movimientos de los pies al caminar, el ritmo de los brazos o la algarabía del rostro, para leer a una mujer. Pero una obstina da modestia lo obligaba a pensar que tal vez se equivocaba.

Encerrado en el auto, sin abrir las ventanas, sin decidirse a encender el motor, Delgado pensó que Regina había esperado demasiado para perder la virginidad. Pero le resultaba molesto imaginar ese encuentro, ese hombre que supuso joven, torpe y egoísta, incapaz de valorar el tesoro que había recibido. Prefirió pensarla sola, la noche anterior, poseyéndose hasta el clímax, extrayendo el almizcle de su cuerpo con sus dedos finos. Quiso pensar que había ocurrido al mismo tiempo, que también ella había participado de ese vértigo de trazos y de números que la noche anterior lo condujo hasta el sueño. Pensó luego en las de más, las supuso viviendo también el encuentro, dispersas, cercanas. Entonces sintió que se perdía sin remedio, que tenía que hundirse para poder salir a flote, y olió con fuerza el aroma exasperante de las flores, llegó a sentirse me nos solo y se volvió a perder en los rumores.

No supo cuánto tiempo había transcurrido. Estaba bañado en sudor. Los vidrios del auto empezaban a empañar se. Comprobó que no había nadie cerca. Trató de sosegar su respiración. Pensó que lo peor ya había pasado. Compuso el rostro y sintió que poco a poco retomaba el control, que una siesta —solo volvería a tener clases al día siguiente— le ayudaría a asumir el control de sí mismo.

Nunca había tenido problemas para mantener a discreta distancia las fantasías que le inspiraban sus alumnas. Desde mucho antes de ser profesor había aprendido el arte de ocultar su deseo. Se había acostumbrado a pasear por el mundo una cara levemente sonriente o amablemente inexpresiva, a robarse detalles —ojos, labios, manos, pliegues— y a solo degustarlos en la más solitaria de las soledades. Cuando volvía al mundo era capaz de ser inofensivo y agradable, de mirar a los ojos sin que se revelaran aquellos desafueros del ensueño.

Se sentía orgulloso de no haber tenido nunca un romance con una de sus alumnas, y mucho menos sexo. Le costaba admitir que sus principios recibían la ayuda de una torpeza enorme para relacionarse con el mundo fuera del salón de clase. Se enamoraba, sí. Tenía una adoración en cada grupo. Venerar con sutileza era uno de los placeres a los que nunca habría renunciado. Pero al salir del salón dejaba abandonadas la elocuencia y la esperanza fantasiosa de tener algo con ellas.

Cuando el tema aparecía entre colegas, le gustaba recordar como prueba de entereza la historia de aquella alumna que le escribió varias cartas apasionadas, que le dijo de múltiples maneras que se acostara con ella. Los otros lo miraban entre burlones e incrédulos cuando contaba que un día él le había dicho a la muchacha que tendría que esperar a que el semestre terminara, porque tener algo antes sería una falta contra la ética. El semestre terminó y jamás volvió a verla. Pero rara vez llegó a tener que contar completa esa historia tan carente de emociones y dilemas.

La danza de Regina llegaría a ser un recuerdo que podía contener todas las claves de aquellas semanas. Para Magnífico representaba el momento de la revelación, el instan te en que supo que aquel verano estaría lleno de intensidad y que la única manera de poder disfrutar ese regalo de la vida sería manteniendo controladas facetas de sí mismo propensas al desafuero: el adolescente enfebrecido, también el resucitado. La única manera de vivir toda esa llama de amor viva, sin destruirse a sí mismo, sería dándoles las riendas al monje y al poeta.

Ese martes regresó pronto al apartamento, durmió una siesta que se prolongó hasta que se cansó de descansar, y preparó las clases del día siguiente. Luego abrió la cajita de los manuscritos. Era una preciosa antigüedad que casi un siglo atrás había salido de Sri Lanka repleta de hojas de té, y que un día volvería a aquella isla llevando las cenizas de Delgado. Le sonrió a la imagen en la primera hoja sin de tenerse a observarla y se dispuso a leer.

Debajo de la réplica del cuadro de Courbet estaba la última versión del *Tríptico de la tristeza*. Se sentía incapaz de seguir corrigiendo las dos primeras historias. Las había escrito poco después de haber llegado al País del Sueño, cuando su matrimonio había entrado en una larga agonía que solo podía sobrellevar matando en el papel y resucitando fantasmas del pasado. Le parecían demasiado personales, demasiado dolorosas; en cierto modo eran la misma historia. Le costaba terminar de convencerse de que eran literatura. Tal vez por eso había hecho poco esfuerzo para publicarlas.

El origen del mundo, la que completaba el tríptico, era un nuevo intento, tal vez el último, de escribir algo que fuera mucho más que variaciones, torpemente disfrazadas, del simple patetismo de su vida. Si lo lograba, si después de unos meses volvía a releerlo y encontraba que era un libro libre de él, estaría preparado para su última tarea: la novela de su muerte.

El aprendizaje había sido largo, lleno de obstáculos, ni siquiera era seguro que terminara en algo. Él mismo había sido su peor enemigo. En algún momento, cuando descubrió su vocación, se había propuesto emular a Auripa rus Flaviceps, escribir sesenta o más libros, dejar al mundo inundado de papel. Pero empezaba a ser consciente de que no lo lograría. Meister Eckhart le había ayudado a aceptar sus propios límites. Tal vez esa ambición desmesurada había sido necesaria para que llegara al menos a escribir lo que había escrito y, tal vez, para escribir ese libro final por el que vino al mundo.

El miércoles temprano, al llegar a la clase de cultura sabía que debía empezar la tarea de borrar la impresión del día anterior, y dio un concierto de erudición y de elocuencia: contó en dos horas la historia de la humanidad, desde Lucy hasta esa mañana de verano. Aquel día procuró mirar pocas veces a Regina, apenas para notar que ya no vestía de blanco, para hacerle saber que la reconocía y que le nacía ser amable pero también distante. Trató de dar a todos proporciones iguales de atención, de respeto y cortesía. Al final de la clase, una estudiante se le acercó y le dijo que tenía interés en asistir a su curso de escritura. Se llamaba Gina. Magnífico Delgado le dijo que con gusto la recibiría y le explicó lo que habían hecho y discutido en la primera clase.

Ese día comprendió que no era necesario que se moviera como un sonámbulo por el campus, esperando la hora de la otra clase. Tenía tiempo de sobra para ir al apartamento, dormir si le apetecía, y regresar bañado y tranquilo.

En la clase de escritura jugaron con palabras.

Primero les dijo que escribieran adjetivos y, cuando todas los leyeron, notaron que había muchos repetidos: bonito, feo, gordo, flaco, grande pequeño.

—Ahora vamos a esforzarnos —dijo Magnífico—. Vamos a desempolvar palabras que rara vez usamos.

Les propuso que cada una escribiera cinco adjetivos, tratando de que fueran tan poco comunes que a nadie más en el grupo se le ocurrieran.

Y lo lograron. Palabras dormidas se estaban despertando.

Entonces jugaron al oráculo.

Buscaron tres bolsas: una para sustantivos, una para adjetivos y otra para verbos.

Delgado les habló del oráculo de Mercurio, de cómo los consultantes salían muy atentos del templo, dispuestos a no perderse la respuesta de los dioses: las primeras palabras escuchadas al asomarse a la calle. Les habló del oráculo chino y les explicó que, para algunos, nada es fruto del azar, que el mundo es una sola maquinaria y ninguna cosa ocurre separada de las demás cosas que ocurren. Les habló del tarot y de las múltiples mancias, en especial la bibliomancia. Al final las invitó a hacerles preguntas a los dioses y tomar un papelito de cada una de las bolsas de palabras. "El bosque caliente corre", dijo Rosana ajustando las tres piezas en una sola frase.

Magnífico pensó por un instante en su bosque predilecto, aquel donde nacía el río nacarado. Luego imaginó el bosque de Rosana, pero nada en su rostro lo delató.

Al lado de Rosana había una nueva estudiante. Competía en juventud con la criatura celestial. Era delgada, distante, de piel canela, miraba con un aire de interés fatigado. Solo unos meses antes, Delgado había descubierto que algunas estudiantes empezaban a resultar demasiado jóvenes para sus fantasías: eran apenas cuatro o cinco años mayores que su hija y más de veinte años menores que él. Su nombre era Criseida y jamás se habría imaginado algo con ella si no hubiera ido a parar a su harén ese verano.

Con unas manos finas —¡Oh! mano blanda, ¡Oh! toque delicado— Criseida retiró un papel de cada bolsa y leyó complacida: "La pirámide misteriosa sueña". Aquella frase fue su bienvenida.

Cornelia fue la siguiente. Qué mal le quedaba ese tinte de pelo, pero qué bonita era. "La escuela apasionada baila", leyó contenta. Magnífico la imaginó bailando, apasionada, allá en su escuela, mirada por alumnos arrobados. En una fracción de segundo Delgado desempolvó el recuerdo de su adorada Silvia, la profesora de kínder. Se propuso volver esa noche a aquel instante imborrable en que, sentado en el suelo, pudo ver sin obstáculos, para él solamente, el fondo de su falda. Pronto olvidó su rostro, pero jamás borró de su recuerdo ese sombrío cielo blanco de estrellas azules.

Magnífico fue escribiendo todas las frases en el tablero. Las mujeres estaban maravilladas.

"El teatro cariñoso vuela", dijo Gabriela dibujando en el rostro maduro una risa de niña, la piel clara enrojecida por algún día de playa.

Muchas cosas ocurrían cada vez que leían una frase. Tal vez la palabra teatro la había escrito la misma Gabriela, porque su mundo estaba lleno de conciertos y de eventos culturales. Pero la palabra cariñoso venía de otro lado. Delgado imaginó a alguna de ellas sorprendiéndose en silencio por el destino que había tenido su cariño. Pensó en la sorpresa de Gabriela al descubrirle una faceta inesperada a su teatro.

Sonia leyó contrariada: "El cuaderno pobre mira". Casi estuvo a punto de llorar. En la clase anterior, en uno de los ejercicios de diez minutos, Sonia había escrito sobre una mujer pobre que caminaba sin consuelo por las calles y a veces se sentaba en los bancos de los parques.

Ahora volvía la pobreza. Tal vez ella misma había escrito la palabra. Antes de entrar al salón para esa segunda clase, Sonia le había confesado a Delgado que los primeros ejercicios le habían despertado recuerdos sensibles, emociones intensas. Delgado le hizo ver que esta pobreza era casi una riqueza. Porque un cuaderno que mira, por muy pobre que sea, es invaluable.

Magnífico sintió que la tranquilidad y la confianza empezaban a apoderarse de aquel grupo, que todo estaba dado para los goces sutiles, que dependía de él que ese placer se prolongara sin tropiezos.

"La gatita cruel corre", dijo la criatura celestial, y él se negó a pensar —hasta encontrarse a solas esa noche— en la hiriente delicia de esa imagen, dicha por esa boca de labios insensatos.

"El corredor rápido contempla", dijo Regina, tratan do de entender, pero con gesto cada vez más desconcertado. Parecía una frase anodina. De corredores rápidos está lleno el mundo. Pero no dejaba de ser misterioso que ese sustantivo y ese adjetivo se hubieran buscado y encontrado en los rumbos del azar y que con ellos se hubiera reunido una palabra normalmente asociada con la quietud. Delgado se recordó a sí mismo deteniendo sus pasos siempre apurados para contemplar una danza.

"La envidia inmensa nada", leyó Gina. Delgado se preguntó qué predicamentos estaría viviendo la persona que escribió ese sustantivo, qué guerras secretas se estarían librando.

Oriana no volvió ese día ni volvió nunca. Magnífico no le dio muchas vueltas al asunto. Pensó solo que el nueve era también un número hermoso, que era el más hermoso de todos, la cifra de Beatriz.

"La estrella friolenta escala", leyó Jessica, ahora un poco menos desconfiada. Delgado pudo comprender que ese mantenerse aparte, a dos pasos de la puerta, y a tres del resto de la clase, era parte de una lucha silenciosa por no crecer.

Aquel día también les pidió que escribieran durante diez minutos seguidos y, después de verlas inclinarse, después de comprobar que la abundancia de escotes y de falditas cortas podía ser desquiciante, decidió abandonar el salón y caminar por el pasillo. Miraba fugazmente lo que hacían en otras clases. Seguía en su muñeca el transcurrir de los minutos. Le bastaba con saberlas entregadas a escribir.

El jueves y el viernes de esa primera semana Delgado terminó la clase de cultura y corrió a refugiarse en el apartamento para trabajar: la historia empezó a desperezarse poco a poco, el cuadro de Courbet le ayudaba a encontrar el tono justo, la mezcla precisa de avidez y de imposibilidad.

El manuscrito tenía varias páginas de apuntes sobre la historia del cuadro. Courbet se lo había regalado a Khalil-Bay, un diplomático turco, por la compra de Las durmientes. Entonces el cuadro no tenía ese nombre.

Nunca se supo quién fue la modelo: algunos dicen que era la mujer de Courbet, otros que la del diplomático. El turco mantuvo el lienzo en un baño privado, donde le construyó un altar que contemplaba sumergido en su bañera perfumada. Cuando murió, su colección fue rematada y el cuadro inició un largo periplo que se ha ido llenando con especulaciones: un negociante que lo mantuvo por años en la trastienda de su negocio, una mujer misteriosa que nunca salía a la luz y que tenía modos extraños de atrapar a sus amantes, un coleccionista húngaro, un burdel que lo exhibía en su sala de baile. En 1935 el cuadro recibió, no se sabe de quién, el nombre que ha tenido desde entonces. Durante la Segunda Guerra Mundial, los nazis estuvieron a punto de destruirlo, pero los rusos llegaron al rescate y dijeron que el cuadro representaba la alegría de las mujeres en un mundo socialista. Por años su destino volvió a ser un misterio hasta que, en 1955, fue adquirido por Jacques Lacan y su esposa Sylvia Bataille. En 1981, tras la muerte de Lacan, pasó a ser propiedad del estado francés. En 1995 se exhibió por primera vez al público en el Museo d'Orsay. Por esos días, sin proponérselo, sin saber siquiera de la existencia del cuadro, Delgado llegó a ser de los primeros en tener el privilegio de observarlo.

Pensaba incorporar esos detalles en su historia, pero aún no encontraba la forma de hacerlo. Se dedicó a remover signos de puntuación, a buscarle sinónimos a esas palabras que siempre repetía. Pronto se vio agregando párrafos, ensayando capítulos nuevos.

Durante el fin de semana ni siquiera se asomó a la puerta. Cuando necesitaba alguna imagen o una escena, le bastaba arrojar las redes de la memoria a los últimos días y siempre encontraba algo.

Las semanas siguientes transcurrieron sin tropiezos, el mundo y el deseo lograron mantener sus aguas separadas. La clase de cultura la sabía de memoria y aun podía darse el lujo de extraer novedades de los textos literarios que ilustraban los temas. Descubrió con horror, en un cuento leído muchas veces, que la única esperanza de aquel hombre miserable era la compasión de su enemigo; descubrió que era a él —a aquel que dio la orden de matarlo— a quien le suplicaba: "diles que no me maten".

En la clase de la tarde se dedicó a intercalar reflexiones sobre la escritura con toda clase de juegos. Un día les pidió que pensaran adjetivos en femenino y en plural, y los escribió en el tablero: molestas, bellas, revueltas, oscuras, viscosas —supo que aquel juego sería intenso—, malditas, gigantes, preciosas. Les habló luego de las listas que Sei Shonagon escribía en su libro de almohada, mil años atrás, y les leyó las cosas que, en opinión de esa remota cortesana, eran las más poéticas: "la ciudad capital, los potros, el trigo de agua, el granizo, los retoños de bambú, una gota de agua que cuelga antes de caer, el musgo de los troncos, los botes planos para navegar los ríos, el pato mandarín, las violetas de pétalos redondos, el césped, el vino verde, los juncos esparcidos de chigaya, el árbol de las peras, el árbol de jojoba y los malvaviscos".

Luego les mostró los adjetivos en el tablero y las invitó a hacer listas con cada uno. Pronto comprendió que el aire estaba lleno de emociones. Cosas bellas, oscuras, revueltas y preciosas parecían elevarse desde esas cabezas inclinadas. El frenesí de la escritura parecía liberar viscosidades. Sonia le preguntó el significado de viscoso y Delgado se vio en apuros para explicarlo sin recurrir a las imágenes que tenía en el pensamiento. "¿Cómo explicarlo...", pensó, "... sin hablar de tu sexo?". Gabriela vino en su ayuda: "Slimy, sticky", dijo frotándose las yemas de los dedos. Cornelia dijo que era como el aceite, que de hecho los aceites se clasificaban por su viscosidad. Pero la seriedad de ambas era falsa. Delgado intuyó que se divertían con la conversación, con su dificultad, que también él era objeto de goce para ellas. Era evidente que tenían en la mente los ejemplos apropiados. Finalmente, Gina se quejó de que todas las cosas viscosas que se le ocurrían no podían decirse en clase, y hubo una risa general. Delgado entendió que habían llegado hasta donde podían llegar, hasta la complicidad callada de saber que había ríos secretos fluyendo en el ambiente. Les dijo que, si no encontraban más ejemplos, pasaran a los otros adjetivos. Esperó a que terminaran, imaginando en su cuaderno, con su letra menos legible, la humedad emocionada, los sabores y los brillos de las nueve mujeres.

Clase tras clase, Magnífico observaba complacido lo que sus escritoras dejaban vislumbrar en cada juego. Cuando salieron a la calle a describir lo que veían, parecían haber ido a planetas diferentes. Unas vieron, otras oyeron u olieron. Unas miraron vestidos; otras, pieles y músculos. Una de ellas ni siquiera notó la presencia de los humanos.

Al escribir sobre la dicha o la tristeza dejaron asomar la variada intensidad con que habían navegado por la vida.

Para Rosana, la familia y sus estudios lo eran todo. Era perfeccionista y aplicada, necesitaba esas gafas, aunque no las necesitara.

A Criseida, repleta de futuro, la agobiaba la incertidumbre del futuro.

Cornelia prefería pensar en los problemas de los otros, quizá para ignorar los propios. Delgado le imaginó un matrimonio invadido por el tedio, supuso que ese hombre ni siquiera había notado la queja que lanzaba el nuevo tinte de pelo.

Gabriela estaba fascinada haciendo literatura, un sueño al que creía haber renunciado años atrás. El sol del verano había tatuado en su piel clara un rubor constante de excitación. Los vellos amarillos parecían la pelusa de una fruta. Era obvio que no estaba en ese sitio solamente por los créditos.

La criatura de ojos grandes solo aspiraba a salir pronto del apuro de esas clases, pero hacía el esfuerzo de crear y, a veces, escribía poesía sin proponérselo.

Sonia tenía una manera de mirar que a Delgado le parecía extraordinaria, un estilo completamente auténtico al que solo le faltaban oficio y disciplina.

Regina tenía a veces un aire atontado que Delgado le atribuyó al excesivo autoerotismo, pero a veces lograba asomarse a la luz y traía en las manos preciosuras sin tiempo.

Gina empezó a enfrentarse poco a poco al recuerdo de la muerte de su madre, al momento en que supo el nombre verdadero y vergonzoso de la enfermedad, y tuvo que asignarle un sentido distinto a su pasado.

Jessica pudo entender, con alivio, que su deseo de ser niña para siempre era posible entre cuadernos.

Un día, cuando hacían un ejercicio de quince minutos, Delgado se sorprendió frente a ellas olvidado de sus cuerpos, consciente de que era justo en ese momento cuando el placer era más perfecto. Las amaba por los mundos que llevaban dentro, por esa manera de abrirse frente a él como muy pocos llegarían a conocerlas, por ese escribir desaforado, desprevenido, apasionado.

Volvió a recordar el primer día, lo poco preparado que estaba para tanta belleza. Volvió a pensar en Regina, danzando en la calle, separada del tiempo. Recordó la manera agitada y epidérmica como había empezado a recibir ese regalo de la vida.

Viéndolas escribir, derramarse sin reservas, regalándole el alma con cada ejercicio, en el momento más puro de su gozo, Magnífico sintió una terrible tristeza. Supo que por más que aquellos seres se abrieran para él, que por más que él también se entregara al escribir, jamás ocurriría la comunión; la entrega jamás sería completa. Estaban condenados a solo vislumbrarse, a asomarse a la puerta del lenguaje y dejar ver sus siluetas. Pero los encuentros verdaderos requerían de algo más, de una manera insólita de comunicarse que todavía no había sido inventada. Pensó en el lenguaje, en sus estrecheces y milagros, en el salto a la escritura y en lo mucho que los trazos habían hecho en casi cinco mil años. Pensó también en lo poco, en lo cada vez menos que haría en adelante la expresión manuscrita —esa sofisticación, ese delirio de las manos—, en la extinción, en la eterna lejanía y hermosura de esas sacerdotisas que tenía aquí y ahora ante los ojos, posesas, sublimes, derramando universos.

Entonces lo invadió la nostalgia de sus cuerpos. Volvió a ver los senos tibios del verano, volvió a buscar refugio entre las faldas, volvió a imaginar que moría en esas manos.

Aquel día la clase concluyó con una reflexión sobre las manos. Magnífico viviría con la convicción de que aquel fue uno de los momentos más lúcidos de su vida. Con el tiempo olvidó los detalles, pero no la certeza de que esa no che arrojó al viento, a los oídos de sus nueve amadas, uno de los mejores poemas que le fue dado crear.

Habló de los dedos, de la mezcla de blandura y de dureza, de la elasticidad y la elocuencia. Habló de los números que habitan en las manos: el cinco, el nueve, el diez, el doce. Usó las almohadillas de los dedos para explicar por qué los años tienen doce meses y por qué son doce los signos del zodiaco. Habló de la obstinación de plantas que tienen las uñas, de las lunas que iluminan su horizonte. Habló de los montes y las líneas, de esa escritura llena de enigmas. Habló de todas las tareas y de la más sublime de todas, el logro más elevado que alcanzó jamás la especie humana, mucho más complejo que golpear o acariciar, infinitamente más extraño que lanzar, labrar, hundir, halar o empujar: escribir, traer y hacer del mundo lo que habita el pensamiento.

Cuando terminó de hablar, sus ojos reflejaban una enorme pesadumbre. Faltaban unos minutos para el final de la clase, pero les dijo que era todo. Ellas se fueron marchando poco a poco, conmovidas, en silencio.

Magnífico Delgado permaneció un rato más en el salón. Después empezó a reunir alientos para marcharse. Al final lo logró. No se cruzó con nadie en el camino hasta su auto. Nada pensó al conducir. No trabajó en su historia. Esa noche sus manos le dieron consuelo y se durmió besando sus rostros verdaderos.

V

Oscuridad variable

—Luz, más luz —dicen que dijo un hombre poco antes de morir. Ese adiós sin despedida es lo único que tengo de todo lo que fue. He olvidado su nombre, he olvidado por qué es digno de memoria, solo sé que me intriga su voz hace tiempo extinguida y sin embargo audible.

Imagino que leía (a veces me pregunto qué libro pudo ser), lo veo enfrentar a la muerte sumando saberes que serán pronto borrados por el último resuello. Siempre me ha parecido que fue un tiempo de velas, de candelabros finos, de atardeceres tempranos.

He supuesto también que su pedido (bien visto, puede ser un testimonio) estaba dirigido a una presencia al fin reconocida, a una fuerza suprema a la que le pedía más ver, más saber, más entender, menos mundo entregado a la tiniebla.

He podido también imaginar toda la vida de la que solo queda una palabra repetida, acrecentada. Pero esa suma inmensa de días y tareas, de justificaciones y accidentes, me resulta para siempre inaccesible, solo conjeturable, nunca verificable.

Y sin embargo esa ignorancia pesa poco, se pierde, se olvida, se pospone, queda oculta bajo miles de ignorancias.

Creo no haberme detenido muchas veces a pensar en las palabras de ese hombre. Creo no haber llegado lejos su poniéndole detalles a su vida. Pero ahora me parece que su enigma representa lo que busco para contar mi historia.

No es propiamente mi historia. También casi todo lo mío me resulta un misterio y me veo obligado a suponerlo. Ni siquiera es la historia de unos días. Ocurren tantas cosas en un día. A lo sumo es la historia de seis cosas y ni siquiera eso.

Me pregunto si llegaré a explicar por qué estoy lejos, qué ventura me trajo a un lugar donde nadie habla mi lengua. Guardo en un rincón de mi equipaje un poema de Herbert que podría decir todo. Pero es de madrugada y no quiero hacer ruido buscándolo.

Ahí también están las seis fotografías. Creo no necesitarlas para decir lo que hay en cada una. Las he mirado tanto. He ido creando en mi memoria réplicas exactas. A veces he sentido que son puertas o ventanas, otras veces he pensado que son trampas, artificios que me alejan fingiendo que me acercan. Me he preguntado si éste o aquel detalle fueron accidentales o están llenos de intención, si fueron cuidadosamente preparados en esa confabulación que fue la ceremonia de tomarlas.

Vivo con ellas desde hace cinco meses y no dejo de pensar en todo lo que son, en lo que fueron, en las cosas distintas que serán a medida que el tiempo las transforme. He sentido que varios presentes confluyen cada vez que consigo robarles un momento a mis tareas y busco la soledad para mirarlas. Pienso en la rapidez con que se aleja la mañana de octubre de la que son instantes, cuando las miro me pregunto qué hace la mujer que las habita, qué sigue siendo como quedó plasmado, qué no será jamás como era entonces, dónde estará el vestido, a qué olerá el cabello o la piel cuando miro o recuerdo su imagen sin olores.

He procurado sin éxito, sin verdadera insistencia, encontrarles un orden en el tiempo. Las he visto también como barajas que pueden ordenarse de miles de maneras y he intentado leer revelaciones en algunos de los órdenes posibles. Me he empeñado en encontrar en esas series lenguajes más sutiles, escrituras invisibles en las que quizá está dicha la disolución de la distancia.

He querido romper la quietud que la aprisiona. He pensado que soy yo quien está detenido y que por eso no veo el movimiento. He llegado a soñar que las quietudes se rompen. He pedido más luz, más nitidez, también más oscuridad, para llegar a discernir un poco más.

Y mientras todo eso ha ocurrido, he sentido, casi sin sentirlo, casi sin saberlo, que la vida ha despertado de un letargo prolongado, que con hilos de luz está tejiendo nuevamente rumbos mágicos.

* * *

Otoño engaña con su colorida decadencia. Si le robo minutos a mis sueños, si desciendo sigiloso los peldaños y me acerco a la ventana, puedo sentir algo como un júbilo estancado. En ese momento ya es de día, pero el mundo está desierto, como si a todos los hubiera tomado por sorpresa la mañana. Solo hay esa apacible llamarada, esa mezcla de frío y de paciencia arrancando las hojas una a una, segura —porque así lo ha hecho siempre— de que al final solo estarán las ramas, expuestas, raquíticas, desnudas.

Hay también algo de otoño en la primera de las fotos: ramas sin hojas, llamitas vegetales, una frescura que va y viene desnudando.

No es la primera –incluso si lo fuera– porque esta baraja de momentos no tiene que rendir cuentas al tiempo. Pero es la que he elegido: mi primera, en estas fugas breves que me ayudan a sentir que sigo vivo, que no todo es espera, gestos de reverencia, sumar día a día exiguos méritos.

Me gusta la lucha frontal que en ella entablan la luz y la tiniebla. Una ventana inmensa demarca el territorio de los bandos. El ojo que la mira está en el lado de la sombra. Más allá de la ventana está la luz, excesiva, cegadora, dejando apenas distinguir pinceladas difusas de árboles, el rectángulo distante de una ventana ciega y sin historia.

Todo lo que interesa —casi todo— se encuentra en el terreno de las sombras, en eso que puede ser un cuarto o una sala, en ese más acá donde las cosas se ven mucho mejor: más nítidas, concretas, más reales.

Después de las primeras impresiones, cuando la imagen de la mujer dejó de robar toda mi atención, empecé a preguntarme por cosas más sutiles. Pensé, por ejemplo, que esa imagen fue la mirada de alguien, que era como si me instalara dentro de ese ser desconocido y le robara un parpadeo. Pensé en lo que pensaba. Lo imaginé eligiendo encuadres, elementos, tomando decisiones: hacer discernible el paisaje más allá de la ventana — condenando a la mujer a ser solo una silueta en el cristal— o dedicarse a ella, su ceremonia secreta, de espaldas a ese resplandor escandaloso.

La decisión fue clara y radical: el afuera no interesa. Interesa lo que hace la mujer bañada por la luz que le cae desde afuera, rodeada por un aura, entregada a una tarea secreta y oscura que nunca me será posible precisar.

Hay algo en la posición de la mujer que me inquieta y me excita, algo como una incomodidad insostenible. Está sentada en un banco negro y breve de madera, donde mano derecha hacia abajo, hacia un espacio que no existe. Sus piernas juntas se han movido al lado izquierdo, contra el borde del banco, dejan el campo libre hacia el abismo.

Parece arreglando o plantando un jardín, porque en el borde inferior de la foto es posible ver unas espigas borrosas, también —donde su mano desaparece— algo como una flor o un fuego entre las espigas.

Mis ojos saltan de un lado a otro sin cansarse. He dedicado amaneceres silenciosos a mirar solo un detalle, he vuelto una y otra vez a su cabello, a lo que alcanza a entre verse de su rostro inclinado, a la ramita frágil en su mano izquierda, a sus piernas o a los pliegues del vestido.

Tampoco es posible hallar un orden, una línea, en todo eso que está o no está. Todo es y ocurre al mismo tiempo. Aunque al decirlo parezcan ocurrir uno detrás de otro.

Hubo un tiempo en que me gustaba empezar a mirar la foto por el cabello. He perdido el candor de las primeras veces que la vi, pero creo recordar que fue el cabello lo que primero atrajo mi atención. Como la mujer está inclinada, atenta a la tarea o la caricia que la mano derecha aventura en la nada, aquí el cabello ejerce las funciones de su rostro. Es su presentación, su invitación o su rechazo. Esa máscara sin ojos seduce y asusta al mismo tiempo. Su contorno forma casi un óvalo. Es oscura en el centro y se hace luminosa hacia los bordes. Las puntas bien cortadas se encuentran y cierran la figura donde algo como una boca bosteza o amenaza. A través de esa boca es posible vislumbrar partes del rostro verdadero cuando cree que nadie la está mirando.

Parece sonreír. Parece estar atenta a varias cosas en ese mismo instante, a la amenaza sutil de la ramita en la mano izquierda, a eso que toca con la otra mano, a esa mirada que sabe que la busca y que solo puede vislumbrar partes que parecen sonreír.

Es un rostro inusual. Casi todos los rostros nos llegan de frente o de lado, pero muy pocas veces desde ese ángulo extraño. A veces imagino que estoy en un balcón, justo encima de la acera y que consigo verla en el momento de entrar al edificio desde donde la miro, solo un instante antes de no poder seguir mirándola, porque se corre el riesgo de caer.

Me pregunto si alguien podría llegar a imaginar lo que describen mis palabras. Creo que no. Supongo que, si alguien tuviera la misión o el deseo de escucharme, si fuera imposible que mirara las imágenes, sería sano decirle muy cerca del oído que renuncie a la esperanza.

Puedo intentar miradas generales. Puedo decir, por ejemplo, es la foto de una mujer sentada en un banco e inclinada hacia lo que tal vez es un jardín. Puedo apuntar detalles relevantes: su cabello cayendo ocupa el centro de la imagen, puede entreverse el rostro, tiene una ramita en una mano, hay mucha luz afuera y aquí todo es más íntimo y cercano. Puedo elegir detalles muy agudos: más allá de ese rostro entrevisto alcanza a vislumbrarse la claridad del pecho, una distante claridad donde quizá me sea dado descansar. Puedo dedicar tardes enteras a pensar un solo tema, un objeto, una parte de su cuerpo. Pienso en su vestido: la negrura deslumbrante, las flores minúsculas y pálidas, la manera de descubrir los muslos, de replegarse contra el regazo.

Haga lo que haga, no lograré expresarla, no lograré decir esta fracción perdida de segundo que miro y vuelvo a mirar o a recordar en estos minutos breves que parecen míos, antes de que todos se despierten, antes de que la prisa nos arrastre y empiecen las servidumbres, los mezquinos oficios de la corte, las miradas al suelo y los rincones, ese largo no ser que son los días aquí lejos.

Quizá no importe tanto todo lo que hay en ella. Enumerar tal vez sea una trampa que tiende el infinito. Precisarla es hundirla en vaguedades, volverla inalcanzable, también renunciar a lo que me sostiene: la esperanza de que un día el amor sea mayor que la obediencia.

Pero no puedo evitar que ocurran cosas mientras dura la espera. Me resulta imposible renunciar a los momentos en que siento que unas fuerzas misteriosas disuelven la frontera entre el mirar lo mirado.

Entonces creo comprender el sentido de esa ramita frágil que sostienen sus dedos, de ese extremo a punto de rasguñar la piel del muslo, que parece señalar, impaciente, apenas contenido por la mano, hacia un jardín oculto.

Y después, meses, semanas después, cuando consigo reponerme de esos viajes al fondo de mi esperanza, a la luz de otra mañana que llega hasta mi litera, descubro de repente la simple perfección de aquella imagen.

Estoy tendido en mi cama. Tengo la fotografía entre mis manos. La apoyo sobre mi pecho y miro arrobado la mano que se pierde justo donde se asoma algo borroso, una flor amarilla o una rama.

Entonces una voz que no oigo me dice que aleje la foto, que alargue los brazos, que entienda por fin lo que pasa.

* * *

Falta poco, me digo cada día. Mis párpados parecen impacientes por notar la más leve intención de claridad y se repliegan, me lanzan a esta vida, a esta callada soledad donde una multitud sueña y respira.

La habitación es un antiguo establo que persiste entre la casa principal y los talleres. En un extremo está la puerta inmensa de dos alas. En el otro, la ventana casi siempre recubierta por una cortina oscura. A lado y lado hay filas de lite ras, apenas diferenciables por cosas que se asoman, por los tumultos de maletas y de ropas que las separan, por la ocasional presencia de una postal o una carta pegada en la pared.

Mi lugar está arriba, en la penúltima litera a la derecha, cerca de la ventana. Al comienzo dormía con la cabeza hacia la pared, porque creía necesario descansar. Estaba convencido de que el día siguiente debía hallarme como nuevo para afrontar las tareas, para convencer a todos de mi eficiencia.

Desde que llegó el sobre con las fotos no puedo pensar igual. Al principio no supe por qué empecé a dormir con la cabeza hacia el pasillo. Fueron necesarios pocos días para saber que así podía estar alerta a la claridad que se filtraba por debajo de la cortina.

Me bastaba con eso, con ver la indecisión, el brillo creciente de la línea de luz en el piso de madera. Descubrí que la oscuridad del cuarto dejaba de ser la misma, que una claridad esquiva se instalaba en el aire y que esos breves minutos, antes de las alarmas, eran como un día detenido que alguien me regalaba.

Al principio no me movía. No quería despertar a los demás con los ruidos que hace la litera cada vez que subo o bajo. Me bastaba con quedarme acostado, pensar, mirar las fotos si —al irme a dormir— había encontrado el aliento necesario para recordarlas, para buscarlas, para llevarlas conmigo.

Luego aprendí a moverme sin ruidos. Ahora puedo llegar a la ventana y levantar un poco la cortina, lo justo apenas para mirar el paisaje o ver detalles nuevos en las fotografías. Sé que un día me será posible abrir la puerta antes de que todos se despierten. Sortearé con fortuna los crujidos de todas las tablas del pasillo. Algo en mí está convencido de que en ese momento (tras un plazo que existe y desconozco), me marcharé de aquí, renunciaré por fin a tanta lejanía.

Un viejo amigo, Keith, tal vez el último que tuve, decía que hay en el alma tintes más desconcertantes, más innumerables y más anónimos que en una selva otoñal. Decía también que es vano creer que los gruñidos y chillidos humanos pueden decir todos los misterios de la memoria y las agonías del anhelo. Pero gruñir consuela más que el silencio.

Miro otra foto y gruño, profiero chillidos que solo yo escucho; recuerdo, espero e imagino. Si no fuera por la franja de suelo que comparten, podría pensarse que la pared de ladrillo y la mujer sentada en el suelo son dos imágenes sin vínculo, unidas por el azar, esa arbitrariedad que quizá es la explicación simple y terrible de todo lo que pasa.

En el centro de la foto hay una línea en que confluyen el borde de la pared y la espalda de la mujer. Ella está a la derecha. Puede suponerse que ese borde es una esquina, que ahí mismo empieza otra pared que va hacia el fondo de esa casa que puede ser la misma de la primera foto.

El suelo es limpio y luminoso, reproduce y aumenta la luz que parece venir del lado de la pared. La mujer tiene las rodillas levantadas, los brazos en las rodillas, las manos reunidas al frente. Aquí el rostro es menos esquivo: el mentón fino, las mejillas relajadas, sin intención de actuar, casi olvidada de esa cámara que la mira desde la altura de alguien que está de pie y espera un simple instante.

Tiene el mismo vestido. Los muslos levantados hacen que vuelva a replegarse en su regazo. Aquí es posible adivinar las dimensiones de su torso, los senos pequeños, el vientre que sugiere un incipiente embarazo o una esbeltez perdida.

También ciertos detalles han robado mi atención en esta imagen. Primero solo tuve interés en la mitad que ocupaba el perfil de la mujer con el rostro levemente vuelto hacia la cámara, sin entregarse del todo.

A veces he sentido que esta foto apacible y distante se resume en unas cuantas regiones de su cuerpo: los ojos, las manos, las piernas y los labios.

No puedo ver sus ojos. Parece dormir o pensar con los ojos cerrados. Pero es posible notar la sombra de los iris dirigidos hacia abajo, sin énfasis, sin sorpresa, como si lo que miraran no estuviera ahí.

Se teje entre sus manos un diálogo secreto. La izquierda se posa protectora, acariciante, en el dorso de la derecha, decidida a alejarla de peligros. Parecen las manos de dos seres distintos. Uno frágil, recogido; el otro poderoso y decidido. He imaginado la historia de ese anillo, ese reloj, esas yemas sensibles para las que no existo.

Imaginé también placeres vinculados a sus pies, por primera vez vistos, finos como las manos. Creí tocar con los ojos sus tobillos frágiles.

Pero es en la boca donde se halla y se resuelve el enigma de la foto. Días y días de mirarla me han mostrado que, de todo lo que hay en ese instante atrapado en su reflejo, los labios son lo único que estaba en movimiento. Parecen susurrar o a punto de besar. Visto desde el gesto de los labios, el rostro todo parece concentrado en un rostro imaginario. La nariz parece olerlo, los ojos corroboran la forma de otra boca y los labios besan y hablan, se quejan de la espera y del cansancio, celebran con temor a que se esfume lo que creen que ha llegado.

También he dedicado otras mañanas, mediodías ocasionales, a pensar en la pared, en el estante con libros y discos, en el retrato de un hombre con sombrero que esconde su boca tras el cuello de un abrigo. Pero he sentido el vértigo de estar en un terreno que jamás podrá ser recorrido. Aunque esfuerce la vista para leer los lomos de los libros: Herejías, Alquimia y mística, Anhelo de vivir, la sensación que deja ese instante es la de lo imposible. Ese lado de la foto parece estar ahí para explicar a la mujer, pero también para mostrar lo inexplicable. Quizá sería más fácil suponer letra por letra cada libro, nota por nota cada música, suponerle una vida al hombre del abrigo, que entender ese gesto que parece robado a la tarde en que logremos reunirnos.

* * *

Ella tiene en los brazos un ramo de espigas, de hojas alargadas y de flores. Parece estar desnuda tras el ramo. Tiene los hombros descubiertos, el rostro levantado y es posible ver los ojos, insistentes, oscuros, curiosos, desconfiados, como diciéndole a eso que está arriba, por fuera de la foto: vamos, espero, sorpréndeme si puedes.

El agua está llena de soles diminutos que oscilan y que estallan. Es un río tranquilo. A los árboles que están junto a la orilla les quedan pocas hojas. Es casi mediodía. Me pregunto por qué tardé tanto en descubrir que también podía hacer míos todos los mediodías. Era tan fácil. Bastaba hacer breve el momento del almuerzo, renunciar al chismorreo, a la sonriente manera de zaherirse que tienen los que aspiran a imponerse. Solo ahora, cuando las fotos me llaman, cuando verlas me conduce a ensoñaciones cada vez más complejas, he descubierto lo fácil que es marcharse del comedor pasando inadvertido, lo tranquilo que es el campo frente al río, lo simple que es habituarse a la dudosa protección que dan los techos.

A veces el paisaje compite con las imágenes. Ocho patos ruidosos vuelan cerca del agua y luego se levantan, como un solo animal en pedazos. El ramo que la mujer tiene en los brazos es tupido, enmarañado, parece plantado en el resplandor que hay a la izquierda de la foto; crece con sus flores pequeñas hacia la oscuridad donde también está lo que ella mira casi de reojo. Su mano izquierda es visible. Está atareada sosteniendo todo eso que más parece un traje que una ofrenda. La mano derecha está oculta tras la vegetación, se vislumbra debajo del ramo una parte del brazo que parece una espiga: quizá acaricia el pecho, quizá encarna el deseo de mis manos. La foto está tomada de muy cerca. No es posible ver nada más abajo de la mano que sostiene.

Arriba puedo ver la textura de los labios. Se vislumbran los dientes, una oreja. El cabello cae sobre los hombros, intenta derramarse hacia el pecho. Veo también otro pato, aquí y ahora, navegando contra el río, detenido mientras las aguas pasan.

Podría decir los sueños que he tenido con su cuello alargado. Puedo contar con lujo de detalles la noche de los labios. Pero el día está hermoso y me siento cansado.

A veces quisiera no pensar, no modular palabra, no moverme. Este sitio junto al río resulta ideal para callar. Pero han sido justamente las ganas de no pensar las que me han traído aquí, a este reino con el que tantos sueñan, a esta corte donde muchos desean instalarse, progresar.

"No pensar", me dije el día que abandoné el lugar donde nací. "No pensar", seguí diciéndome a lo largo de las muchas estaciones de ese viaje. "No ser", insistía cada vez que un lugar empezaba a proponerme identidades.

A medida que viajaba descubrí que me inventaba una ambición. No la inventé yo solo. Dejé que la pusieran sobre mí, como un niño que se deja vestir, obediente, distraído, levantando los brazos cuando el proceso lo exige, preguntándose si la muerte irá a llegar antes de que el rostro asome más allá del cuello estrecho del suéter de lana.

Llegué aquí sin demasiadas convicciones, pero con la idea clara de lo que debía hacer: mostrar inteligencia y diligencia, quizá enfrentar sin queja competencias cargadas de rudeza.

Pude quedarme en la última provincia que habité, bajo las hojas de tranquilos sicomoros y el gobierno de nepotes enfermizos. Pero algo en mi sangre encontró un eco entre los sueños que los otros me forjaron. Fui aconsejado, agasajado, colmado de regalos que debían hacer fáciles mis días en la corte. A la hora del adiós, se encargaron de hacerme sentir que los llevaría conmigo, que mis logros serían los logros de todos, que donde fuera uno la ciudad iría con él.

Yo mismo traté de diseñar con precisión una estrategia para sobrevivir, para triunfar, sin que mi dignidad quedara demasiado pisoteada. No busqué congraciarme. Aplaudí moderadamente. Sonreí a medias. Fruncí las cejas con discreción. Sin esperar cadenas de oro como pago, pues las de hierro ya eran suficientes.

Dejé la provincia porque allá todo me era ajeno. Los árboles parecían sin raíces, las casas sin cimientos, las flores olían a cera bajo la lluvia de vidrio. Me llenaba de impaciencia viendo las nubes secas que golpeaban el cielo vacío. Vine convencido de que podría enseñarle de nuevo a mi rostro la forma de comportarse. Le dije a mi labio inferior que dominara su desprecio, procuré vaciar la ex presión de mis ojos y contuve a la liebre de mi rostro para que no temblara.

He creído poder arreglármelas. He pensado que la clave de todo consiste en mantenerme al margen de los juegos del veneno. He llegado a notar que mi nombre circula cada día más altivo en los banquetes, sale por bocas de alto rango, vuela cargado de prestigio.

Pero ya nada de eso parece importarme. He dejado tierras y un mar de por medio. He pasado por gente, costumbres y lenguas. Mi tierra era un olvido cuando llegaron las fotos. Ahora solo pienso en regresar.

Recuerdo que ese día hubo un almuerzo junto al río, que la pompa había trasladado sus sonrientes sobresaltos, que había niños corriendo entre los grupos incapaces de hacer algo distinto a lo que hacían en los salones.

Recuerdo que aproveché las libertades del espacio para acercarme al río, para mirar sus brillos, su lentitud sin pausa, para pensar en otros ríos, en un río sin nombre que seguía corriendo, sucio y triste, en un valle perdido en la memoria.

Recuerdo que un aliento turbulento me trajo de regreso, que el rostro inexpresivo de un caballo —negro como el amor– me miraba muy cerca, quizá preguntándose si yo era comida.

Lo montaba la hija menor, también inexpresiva, quizá también considerando posibles beneficios.

—Quiero lavar mis manos y mi cara —sus deseos eran órdenes complejas, enigmáticas.

Me preguntaba cómo llevar el río hasta el lomo del caballo, cuando agregó sin énfasis:

— ¿Le molesta sostenerlo?

Tomé la brida, primero con fuerza, con miedo a equivocarme, pero el animal me hizo saber que no trataría de escapar, que esperaría tranquilo hasta que ella regresara.

La hija menor pasó por mi lado, sin mirarme, dijo: "Es usted muy amable", y caminó hasta el río.

Sentí el temblor del animal, esa mezcla de fuerza e ingravidez, de resignación y de impaciencia. Miré a la joven inclinada sobre el agua, hundiendo las manos en su reflejo. Pensé en otra mujer, quizá soñada hace mucho, quizá vista y olvidada, corriendo desnuda hasta hundirse en las aguas de otro río.

Pensé que, en ese instante, en esa vibración que sostenía como un globo, en esa mezcla de recuerdos y miradas, estaba la respuesta a una pregunta aún no formulada.

Ese mismo día recibí las fotos. En el sobre solo estaba mi nombre, el sello postal con un paisaje de mi tierra. Adentro no había palabras: seis extrañas imágenes empeñadas en decirme lo indecible, seis instantes furiosos y apacibles despertando a mis ojos de un sueño de años, cabalgando impetuosos, invadiendo mi alma.

* * *

La oscuridad me llama. También empiezo a hacer mías las noches. He perdido el interés por los conciertos, por las ve ladas extenuantes donde tantos han caído en desgracia. He empezado también a renunciar a los tediosos pormenores de la cena. He descubierto que puedo pasar por la despensa y pedir unas galletas, retirarme al dormitorio antes de que anochezca.

Sé que alentando esta actitud me niego oportunidades.

Las veladas nocturnas son el momento y el lugar donde es posible hacerse a un nombre. Pero hay cosas que no son como eran hace unas semanas.

Poco después de mi llegada, no más de una semana, la esposa del supremo llegó a darme lo que quizá fuera un saludo. Yo había elegido un rincón del salón, al pie de la ven tana. Desde el primer día me impuse un riguroso período de observación. Me propuse reconocer todos los hábitos, los rangos, las funciones, sin tener que preguntar.

Me miró de arriba abajo con un gesto congelado de sorpresa. Dio unos pasos, rodeándome, como para estar segura de agotar todos los ángulos posibles. Terminó por situar se de espaldas a la ventana, a mi lado, pegando su hombro a mi hombro. Luego se inclinó hacia mí confidencial.

—¿Cómo te llamas?

Dije el nombre que me han dado.

—No debe ser fácil —dijo—. ¿Cuáles son tus planes? Supe que mi suerte empezaba a decidirse muy pronto. Sin que nadie tuviera que advertírmelo, entendí que mi respuesta sería decisiva.

—Servir. Progresar.

La mujer rio por la nariz y retomó el gesto de incredulidad.

—¿Eres casado?

—No.

—¿Alguna vez has amado? No supe qué decir.

—¿Qué harías por amor?

Sentí que perdía, que nunca podría alcanzar el sueño que me habían fabricado. Empecé a tejer una secreta apología del fracaso.

—Respuesta correcta —dijo ella—. Llegarás muy lejos

—empezó a caminar hacia el centro del salón, antes de olvidarme se volvió a sonreír—, si sigues escapando.

Creo que habían transcurrido ya dos meses cuando el supremo me habló. Yo solía ser de los primeros en llegar del comedor. Ocupaba la esquina al pie de la ventana. Algunas veces —mientras el salón terminaba de llenarse— miraba hacia afuera, hacia el jardín donde un banco de piedra estaba siempre vacío. Otras veces me ocupaba en ver llenar el salón, en adivinar bajo sonrisas la fiereza, en seguir buscando en vano alguien en quien confiar.

Nunca faltó quien me integrara a ese fluir de gente que formaba y disolvía grupos hasta la medianoche. Tampoco faltaron comentarios sobre mi predilección por el rincón. No era la primera vez que coincidía con el supremo en uno de los grupos, pero él me había ignorado sin permitirme siquiera pensar que lo hacía de manera intencional. Una vez llegó a ser él quien dio el portazo que

111

me sacó de un grupo. Con un movimiento drástico, y en apariencia involuntario, puso su espalda en mi rostro y me quedé flotando, a la deriva, excluido sin piedad de ese círculo cerrado.

Un grupito que flotaba alrededor vino al rescate. Alguien palmeó mi espalda. Otro me dio una copa. Uno más dijo con sorna:

—Qué bueno que apareces. Estábamos hablando de lo mal que debe oler el trasero del supremo.

Pero esa noche su actitud era otra. Irrumpió en un grupito donde hablábamos de la vigencia de los presocráticos, se las arregló para darles la espalda a todos y quedar solo conmigo. Me sorprendió que supiera mi nombre. Me sorprendió la familiaridad con que habló de mi trabajo.

—¿Has pensado en la posibilidad de ser el instructor titular en filosofía?

—Será un honor que espero merecer —sentí que había respondido de la mejor manera. Ahora me río de lo que sentí.

Se acercó, habló en voz baja, mirando hacia los otros de reojo. Su nariz era enorme, llena de poros abiertos como cráteres, sus dientes tenían bordes dorados.

—¿Imaginas algo más alto que eso?

—La vida imagina más que nosotros.

Aclaró su garganta. Su voz era ronca, errática, de aromas putrefactos. Cuando hablaba despedía una constante lluvia de saliva.

—Me alegra que pienses así. He llegado a creer que necesito algo más que soldados y médicos del espíritu en mi equipo de consejeros. Le daría muchos honores a quien me ayudara a ver claro todo esto.

Tuve la conciencia de que el cargo era mío. Ya había tenido la oportunidad de comprobar que ninguna fatiga, ningún desaliento, podían detenerme cuando encontraba la motivación. Llegué a sentir compasión por el supremo. Vislumbré la ironía, el juego que había en su hipotética promesa. Lo imaginé gobernado por sus propias palabras, obligado por ellas a tomar decisiones.

—He oído decir que te llaman el hombre del rincón.

—También he oído algo.

—Dice uno de mis consejeros que esa pasión por mirar, sin participar del todo, puede tener su origen en una impresión temprana. Dice incluso que cree saber exactamente lo que fue.

Sentí que todos en la sala participaban del secreto. Cuando trato de recordar aquella escena me parece que todos han guardado silencio, que no hay ni siquiera tintineos. Llego incluso a pensar que todos acercaban una oreja al grupito exclusivo donde estaba el supremo. Imagino solo orejas rodeándonos.

—De esas cosas no se habla —agregó condescendiente, perdonavidas, y puso en mi hombro una mano gruesa de dedos achatados y uñas muy cortas—. Si no se entienden, mucho menos se habla de ellas. Pero tiene razón para vivir fascinado, para seguir buscando algo semejante en otros lados. Nunca he visto dos iguales. Podría enumerar unos rasgos generales, pero al momento de decir exactamente cómo son me quedaría sin palabras. Tengo la leve intuición de que el sentido de la vida se encuentra ahí, como un enigma, como un jeroglífico imposible. Quizá por eso nos fatigamos tanto para volver a ese rincón.

Entendí su alusión, sonreí, suspiré, bajé la mirada. Pen sé que tendría que soportar esa intrusiva manera del humor y, cuando alcé los ojos, descubrí que una vez más flotaba a la deriva en medio del salón.

En los meses siguientes esperé, con variable expectativa, que el supremo volviera a hacerme objeto de su atención. Entre los grupos suelen circular con insistencia los nombres de los que al parecer visitará. Más de una vez mi nombre ha ocupado ese lugar, pero después ha sido su plantado, olvidado por un tiempo.

Ahora me importan poco las intrigas de la corte. He descubierto más allá de ese precario sueño que me mueve, algo impreciso, pero también más verdadero: una forma de ser yo que parece aguardar mi regreso.

Ese que soy allá discierne claramente lo que quiere. Puede despojarse sin esfuerzo de las cargas que el mundo se empeña en imponerle. Sabe, sin decírselo a nadie —ni siquiera a sí mismo— que no todo es renuncia en el momento de dejar el comedor y retirarse al dormitorio. Sabe que no todo es ensueño cuando toma la foto de la mujer en la butaca, cuando mira y descarta el jarrón de cristal con el ramo que cubría y hacía más deseable su cuerpo en otra foto; cuando vislumbra e ignora los cuadros de la pared del fondo, los libros frente a los que la mujer se instala con su actitud de reto, su mirada frontal, el brazo que desnuda la axila y agarra su cabello; cuando cae de nuevo en la falda recogida, en las páginas abiertas e imposibles de su sexo.

Ahora mira la foto, su oscuridad variable, quisiera pedir luz, más luz, pero sabe que nada conseguirá, que nada entenderá. Entonces respira hondo, cierra los ojos y acepta, suplica, que lo envuelva la ausencia.

* * *

Imágenes con textura de realidad. El mundo ahora tiene otro paisaje. Levanto la mirada y me pregunto. Estás ahí, aquí. Estoy en tu aquí. Quizá es algo tan simple como eso: estar aquí y que, al decirlo, al sentirlo, estemos hablando de lo mismo. Habitar el mismo sitio (pero no es solo un sitio) y sentirnos menos solos.

Ahora casi ningún gesto es necesario. Me miras de frente… Miras, me sueñas, piensas que te miro, que en algún ahora (pero no es solo un tiempo) nos miramos y somos una mirada que va y viene, que es ir y venir al mismo tiempo, y detenida.

Estamos en la eternidad del reencuentro y podemos habitarla hasta el cansancio, hasta que alguien tenga mie do a disolverse, hasta que un acto reflejo, un sobresalto, una falta de fe, vuelva a depositarnos en el transcurrir del tiempo.

Somos un fue y un será y un es cansado y suspendido en la nada, una lluvia de flores o de estrellas, una caída libre o un árbol milenario, un árbol que es enredo de troncos y raíces, que una mañana remota, bajo el mismo sol de siempre, fue tallo delgado, una ramita endeble con avidez de suelo.

¿Recuerdas la foto del árbol? También en esa foto me miras de frente. Tampoco en esa foto hay muchos gestos, pero hay: el mismo traje negro con sus flores, todo el peso del cuerpo en el pie derecho, la mano derecha en la cintura, la mano izquierda en el muslo ligeramente doblado, cierta manera de mantener los labios juntos y tranquilos que puede ser sonrisa, el rostro inclinado a la derecha, la pregunta, la burla, el reto y el llamado en los ojos abiertos solo lo suficiente para ver y ser vistos.

Cada vez que miraba las fotos allá lejos empezaba a preguntarme si todo lo que veía tenía una intención.

Imaginaba el diálogo entre tú y quien las tomó. Siempre pensé que eran más tuyas que de quien presionó el obturador. Siempre pensé que eras tú quien decidía lo que la luz diría. Porque al final solo había luz, reflejos de luz en el papel, destellos prisioneros que mis manos ajaban, que mis ojos opacaban al mirarlos.

Frente a la foto del árbol, frente a ti —mirándome de frente en esa foto—, me preguntaba si en esa aparente sencillez también habías tenido conciencia y control de todo lo que decías.

El árbol (insisto en llamar a aquello árbol, a pesar de que sería mejor llamarlo selva comprimida) ocupaba casi todo el ancho de la foto. Solo había un breve espacio a la izquierda que dejaba ver una cerca endeble y baja, un tejido de metal que se incrustaba sin gracia en los troncos, sin llegar a hacerles mella.

De lo alto se habían escurrido en otro tiempo ramas como raíces. Era posible ver los inicios de esas ramas recortadas. Y en medio de la foto, justo en medio de esa selva de ramas y raíces y de troncos, tu sonrisa.

Tu mirada, mirándome de frente, soñándome, pensando que te miro, que en un ahora esquivo nos miramos, somos una mirada que va y viene, que es ir y venir al mismo tiempo, y detenida.

Estamos en la eternidad del reencuentro y podemos habitarla hasta el cansancio, hasta que alguien tenga miedo a disolverse, hasta que un acto reflejo, un sobresalto, una falta de fe, vuelva a depositarnos en el transcurrir del tiempo.

También me preguntaba qué accidentes me habían rescatado en tu memoria, qué vida te condujo a tomar la de inapelable. Tardé mucho en encontrar en mi pasado una mujer que coincidiera con la mujer de las fotos, tardé en admitir, tardé en entender.

Ahora sé que es posible que pasen muchos años, que la vida se escape inadvertida, antes de que uno escuche los mensajes más claros. Había recorrido medio mundo sin saber por qué lo hacía. Me había movido por lugares y brazos sintiendo que arrastraba un olvido. Habría seguido sin pausa, con los ojos cerrados, si no llega tu luz a rescatarme.

Fue la foto del árbol la que me ayudó a encontrarte. Tu mirada mirándome. De pronto fue saliendo del olvido una mujer que me miraba tal como ahora me miras.

La conocí poco antes de marcharme, ya mis ojos reflejaban lejanía. Solía sentarme a su lado en un parque de cie lo verde. Recuerdo que hablábamos y hablábamos, como matando el tiempo mientras algo ocurría. Pero nunca ocurrió nada.

Ya entonces me había dado por vencido. Había renunciado a esperar o a desear. Ya un boleto de ida hacia los sueños de otros estaba en mi bolsillo.

La última vez que la vi, le prometí sin convicción que volvería. Quizá encontré en la amargura de su rostro, en su aparente rechazo, el último empujón que me faltaba.

Nunca volví a recordarla.

Me costaba imaginar la tarea minuciosa de rastrearme, la elección de la manera, la sensación de todo o nada en esa apuesta que era poner las fotos en un sobre y enviarlas.

Durante los primeros días me resultó posible vivir con la idea de que se trataba de un error. Llegué a inventar le una vida al real destinatario. Pero las fotos eran tercas, obstinadas, me llamaban todo el tiempo, me obligaban a llevarlas cada noche a mi litera, me alejaron poco a poco de la vida de la corte.

Entonces no pude seguir huyendo. Me vi obligado a admitir que el nombre escrito en el sobre era mi nombre, que era inútil insistir en la historia del error, la coincidencia, que esos ojos me miraban desde hacía muchos años, compasivos y tranquilos, que me seguirían mirando.

Ahora nos miramos. Somos una mirada que va y viene, que es ir y venir al mismo tiempo, y detenida.

Estamos en la eternidad del reencuentro y podemos habitarla hasta el cansancio, hasta que alguien tenga miedo a disolverse, hasta que un acto reflejo, un sobresalto, una falta de fe, vuelva a ponernos en el tiempo.

* * *

Ahora todo es inminencia. Agoniza la espera. Las dejo caer una a una en el río y me lleno de alivio. Nunca tan libre como ahora. Nunca tan dueño de la furia de mis venas.

He podido por fin recordar cierta actitud, cierto tono. He podido por fin arrancarme algunos rostros.

Supongo que es un sueño y que al contarlo alteraré lo que he soñado.

La voz del que me hablaba sonaba familiar. Quizá podría decir que era yo mismo el que me hablaba y lo que me decía era verdades largo tiempo ignoradas: "Te mueres de pavor", y al decirlo y oírlo tenía razón. "Permites que tomen las decisiones para después culparlos del dolor". Lo sabía inevitable y era fácil alentar la creencia de que la culpa era ajena.

A medida que caían vislumbraba los colores, su frescura, su tibieza. Entonces volvía a escuchar: "Y si trataras al menos de pensar que por lo menos esta vez...". Y de nuevo los colores, de nuevo la ilusión de los olores.

Al final solo estaba la imagen donde ella volaba. Sintió que el frío congelaba sus dedos pegados al papel. El río era turbio y arrastraba las últimas hojas del otoño. La superficie empezaba a llenarse de una nata transparente. Se movía más lento. Tardaba en llevarse las imágenes.

Quiso pensar que esos dedos congelados eran una señal, pero estaba cansado de las señales del miedo, de la resignación.

Se despidió de los objetos, de los cuadros de Vermeer en la pared del fondo: la mujer fuerte derramando un hilo de leche, la que escribe olvidada del mundo, la que ofrece su perfil como un objeto.

Dio una última mirada a los libros en los estantes, a las flores, a las hojas alargadas. Volvió a sentir el arrobo frente a la mujer toda, su pie izquierdo señalando hacia el suelo que no toca, la otra pierna cruzada, como una puerta.

Volvió a sentir la alegría que sentía cada vez que miraba la promesa tranquila de su cuerpo.

Se despidió también de los recuerdos, de las veces que miró aquellas fotos, de las preguntas y respuestas, de las especulaciones.

No le preocupaba más saber si había sido intencional que los colores fueran del mismo tono de los cuadros de Vermeer. Se rio de la angustia que antes le había dado preguntarse si el color de las flores o el rumbo de los ojos escondían mensajes.

Le dijo adiós también a aquella noche en que logró por fin romper el cristal de la mirada y se acercó a la mesa negra donde vuela sentada. Volvió a vivir el sabor, la hume dad y la textura de ese sueño más cierto que su vida.

Después de esa noche despertó sabiendo cosas que siempre había sabido. Tuvo la noción clara de que no todo había sido despedida. Supo, sin conocer las palabras exactas, que en medio de su adiós desencantado algo que quizá fuera también él había prometido, había suplicado, se había empecinado por salvarlo.

Abrió los dedos y la dejó caer.

Vio que el árbol a su lado tenía una sola hoja entre las ramas.

Dedicó aquella tarde a mirarla, a esperarla.

Cuando por fin se desprendió, descubrió que su cuerpo se estaba congelando. Hubo un crujido de piel y de tendones, pero logró atraparla.

Parecía una llamarada.

La guardó en un bolsillo cerca del corazón. Al regresar, no pasó por su litera.

Siguió caminando hasta las caballerizas. Buscó y encontró lo que buscaba.

Permaneció pegado a una pared de troncos hasta que fue de noche.

Susurró y se acercó a esa negrura que se tranquilizó al reconocerlo.

Le dijo algo al oído y le puso la montura, con ternura, sin prisa.

Cuando salieron a la noche empezaba a caer una nieve menuda.

Tardaron poco en dejar atrás el estupor y el territorio de la casa.

Eran una tibieza moviéndose en el frío. Un bosque de hielo crecía en su rostro.

VI

El manantial nacarado

Lo descubrió por accidente, un día en que jugaba a las peleas, y lo primero que pensó era que estaba enfermo. Se alejó estremecido, buscando soledad, para encontrar que aquello incluía una sustancia misteriosa.

Volvió a sentirlo una noche de fiesta, después de la fiesta, cuando los invitados se marcharon.

Era la primera comunión de su hermana y entre quienes se quedaron a dormir, para ayudar al día siguiente a organizar la casa, estaba la secretaria de su padre. Su nombre era Luz. Era casi una niña cuando había empezado a trabajar con su padre. Delgado solía ir a la oficina, los sábados en las mañanas, para ayudar, para aceptar la invitación de su padre a que apreciara el valor del trabajo. Pero como su padre rara vez estaba ahí, pasaba aquel tiempo hablando con Luz de todo y de nada.

Le encantaban sus labios enormes, también la manera de inclinarse a buscar en los archivos, pero nunca se atrevió a insinuarle algo. Lo cierto es que no tenía idea de lo que podría haberle insinuado. Sentía una urgencia de acercarse a tocarla, pero no sabía qué más podría hacer. Entonces ignoraba que ella y su padre eran amantes, solo vino a saberlo después de la tragedia, cuando tuvo todo el

123

tiempo del mundo para leer las cartas firmadas con las huellas de los labios.

La noche de la fiesta, Luz había bebido unos tragos de más y se quedó charlando y riendo hasta tarde con sus primas y su hermana. Él se había ido a dormir cuando los últimos invitados se marcharon. Estaba agotado de tantas impresiones, de tantas emociones y personas, de ser él mismo tantas personas distintas. Se quedó dormido pronto, pero volvió a despertar al poco rato. Trató de escuchar lo que hablaban en la sala, pero solo eran distinguibles las carcajadas. Volvió a quedarse dormido.

Al despertar otra vez, seguía siendo de noche y todo era silencio. Entonces vio la silueta junto a su cama. "¿Me dejas dormir contigo?" Magnífico fue incapaz de modular, pero se movió hacia el borde opuesto de la cama. La mujer se metió bajo las cobijas y se acomodó muy cerca, sin llegar a tocarlo. Yacían de lado, frente a frente, se miraron. "Solo podía pensar en ti, en ese sofá", dijo ella y soltó una risa nasal. Magnífico se apresuró a sorber ese aliento alicorado, a preguntarse si podría, si debía, si estaba autorizado a besarla. Tardaría casi el doble de sus años para entender la belleza de ese instante. Sintió junto a su pecho el calor de esos pechos que tampoco lo tocaban. Sintió junto a su sexo la oscura tibieza de la nada. Pensó por mucho tiempo que había sido solo miedo lo que sintió aquella noche, como si su cuerpo todo llorara sin consuelo. Nunca más regresó a la oficina de su padre.

Tenía quince años y lo ignoraba casi todo. Cuando niño vivió intrigado por saber lo que tenían las mujeres detrás de los calzones. Si una mujer llegaba a visitar a su madre, él se hacía invisible, se ponía a jugar, muy juicioso, con carritos en el suelo, y esperaba con paciencia de entomólogo a que se sentaran en la mesa del comedor para escurrirse hasta las sombras, para atisbar el misterio.

Cuando tenía doce años, durante un recreo, supo por fin lo que había —o al menos tuvo una idea que lo con fundió aun más. Un compañero de escuela les mostró el recorte de revista que llevaba en su billetera. Todos se apretujaron para ver. A Delgado ese interés le parecía indecoroso, no le gustaba que los otros fueran testigos de su curiosidad. Pero nadie miraba a nadie, todos dirigían los ojos aterrados hacia esa criatura que la mujer desplegaba sin reservas. "Miren", dijo uno, "lo cerca del culo que está". Delgado tomó aire, se levantó por sobre hombros y cabezas decidido a mirar. "Qué gallo tan grande", dijo otro, "parece cantar". Delgado solo pudo soportar por un instante y se alejó del tumulto. Deseó que el recreo terminara pronto, que ese día de clases fuera cosa del pasado, para poder estar a solas y pensar. Pero, cuando finalmente pudo encerrarse en su cuarto, había olvidado por completo los detalles, e incluso los aspectos generales, de aquella siniestrísima visión.

Ignoró por mucho tiempo que existía una cosa llama da masturbación y, cuando pudo enterarse, tardó todavía varios meses para entender y aplicar el mecanismo. Nunca se sintió con la confianza necesaria para preguntarle a un compañero cómo se hacía. Se limitaba a escuchar los testimonios entusiasmados de los viajeros y a ocultar la secreta humillación que le producían las historias de los que decían ya haber tenido sexo con amigas, con mujeres mayores y empleadas domésticas.

Intentó varias veces por su cuenta, había conjeturado que la mano se movía de cierto modo, pero solo consiguió sentir dolor e irritación. Mucho después, después incluso de aquella noche con Luz en la oscuridad, pudo ver una película en casa de un amigo (otra vez, todos miraban con fascinación y con terror; otra vez, nadie juzgaba la inexperiencia de los demás) y entender que ciertos pliegues cumplían una función.

Dedicó mucho tiempo a perfeccionar aquel arte. Pasó tardes enteras en el baño y en su cuarto, calculando trayectorias, probando resistencias, llegando hasta los límites, como un místico entregado a la oración.

Pronto supo que esa búsqueda necesitaba apoyarse en imágenes para poder proseguir. No bastaba con robarse el escote de la bibliotecaria o las nalgas de la directora de disciplina. Ya entonces era uno más que circulaba por las calles, que salía de su casa sin dar explicaciones, que podía ir a lugares donde era poco probable que alguien lo conociera, a comprar las revistas necesarias. Tenía entonces tiempo de sobra para mirar muchos sexos de mujeres, para establecer constantes, para notar variedades. Aprendió inglés leyendo los relatos eróticos, las cartas de seres que vivían en un mundo donde las mujeres siempre estaban deseosas, dispuestas a acostarse a toda hora, ávidas de beber líquidos seminales.

Años después, mucho después de regresar de la muerte, Delgado pensó escribir una versión contemporánea del Quijote, donde la locura de Quijano se debiera a la lectura de relatos pornográficos. Pero comprendió que una empresa como ésa se salía de sus manos.

Con el tiempo, sus estudios sobre el sexo empezaron a alejarlo de la realidad. Quijano mismo —digo, Delgado— se preguntaba qué utilidad podía tener saber tanto sobre sexo, sobre la manera y la intensidad de las caricias, sobre las funciones y el lenguaje de los cuerpos y el deseo, si apenas era capaz de dirigirle la palabra a una muchacha: las amigas de su hermana eran tan niñas y las chicas que se cruzaban en su camino eran tan pocas y se parecían tan poco a las mujeres de las revistas. Le atribuía su timidez al hecho de haber estudiado en un colegio de hombres. En los poquísimos bailes, llegó a hacer el esfuerzo para seguir el ritmo con torpeza, para tocar la mano y la cintura de su pareja sin que se le notaran la ansiedad y la impaciencia; pero nunca llegó a tener una conversación cercana a la naturalidad y jamás, en aquel tiempo, llegó a encontrar una mujer dispuesta a tener sexo.

Entonces llegó a la conclusión de que tendría que pagar por la experiencia. Poco más había ocurrido en varios años: el olor de unas braguitas sin lavar, una mano sigilosa que se había deslizado hasta un pubis agreste y se había regodeado en la aspereza, poco antes de escapar con la ilusión de haber llegado lo más lejos que era posible llegar.

Estuvo varios meses planeando la ocasión, imaginando eventualidades y variantes, confiriéndole estatura de ritual. Pero no llevaba ni un minuto sumergido en ese sexo que no podía ver y penetrar al mismo tiempo, no había llegado a convencerse de la trascendencia del evento, cuando la mujer dejó de mascar su chicle para decirle: "Apúrese, mijito, que no hay tiempo". Todo fue tan irreal, tan fugaz, tan decepcionante, que se olvidó de su obsesión y se hundió de cabeza en los estudios literarios.

Su tendencia a la soledad lo había acorralado desde niño contra los estantes de los libros. Ahí encontró con suelo y compañía. Muy temprano trató de escribir, en las últimas páginas de su cuaderno de español, una versión de tres páginas de El conde de Montecristo. A los catorce escribió un cuento que mandó a un concurso juvenil. Así tuvo su primera experiencia como artista incomprendido.

Solo a los diecisiete empezó a escribir cuentos en forma compulsiva, uno detrás de otro, cinco o seis en las noches más frenéticas.

Antes de la tragedia volvió a comprar sexo un par de veces, pero las experiencias no fueron mucho mejores. La frustración, sin embargo, cada vez le hacía menos mella. Si la realidad era tan pobre, eso era problema de ella. Muchas veces fantaseó con la idea de que sería un escritor lleno de fama y que montones de mujeres harían fila para acostarse con él, sin prisa, con tiempo, rebosantes de amor, hechizadas con la magia de sus palabras. Le encantaba la historia de Buda encerrado en un palacio con once mil mujeres. Así empezó su interés en las culturas orientales.

Era ya un estudioso dedicado, un aprendiz disciplinado del arte de escribir, cuando sus padres y su hermana fueron asesinados. Estaban en un centro comercial, un carro bomba hizo bum, y colorín colorado.

* * *

—Cada uno de nosotros es un tejido de historias —dijo Magnífico Delgado al final de la clase del miércoles de la penúltima semana—. Estamos hechos por las historias que hemos vivido, por los relatos que hemos estado recibiendo desde niños, por todas las narraciones que se nos cruzan en el camino.

Las nueve mujeres miraban fascinadas, seguían el derrotero de sus manos, se dejaban mecer dulcemente por el vaivén de las palabras. Magnífico Delgado pensó que todas ellas, más temprano que tarde, en algún momento de aquellas semanas, se habían preguntado en sus adentros qué sentiría él viviendo una experiencia como ésa, qué habrían sentido ellas si la situación fuera a la inversa: ellas solas, con nueve hombres fascinados. Pensó también que algunas de ellas habrían ido más lejos y se habrían preguntado qué sentirían ellas mismas siendo hombres y en un cuarto con nueve chochos mojados. Imaginó el momento en que se preguntaron —sin envidia, sin rabia, por mera curiosidad encaprichada— lo que sería tener un coso, lo que sería sentirlo endurecido, lo que sería ser deseo disparado.

Él mismo se había preguntado alguna vez lo que sería ser mujer, cómo se sentiría tener todo el crear y el nutrir incorporados. Imaginó la sensación de tener senos, esas formas saltarinas y acuosas de estar en el mundo. Fue un poco más allá para tratar de imaginar la sensación de oscuridad, los ecos en las entrañas, la certeza confusa de llevar el misterio por dentro, pero ser incapaces de entenderlo.

Le gustaban las mujeres, nunca había tenido dudas sobre ello, a pesar de que gran parte de su vida se había visto obligado a ocultar esa atracción. Se derretía por ellas. Le gustaban todas, casi todas —porque era un hombre civilizado— y sentía suya la canción del picaflor. Pero no habría querido ser una de ellas. Le repugnaba su condena a desear a los hombres. Llegó a compadecerlas.

—Rehacemos todo el tiempo la historia de nuestra vida —siguió diciendo Delgado—, a partir de los relatos: los libros, las películas, los chismes y las gestas con que nos cruzamos cada día.

Decidió preguntarles por historias recientes que hubieran llamado su atención. Criseida habló de una mujer que murió de cáncer. Cornelia habló de una amiga que tenía problemas de dinero. Rosana, de un estudio que leyó en un periódico, sobre los hábitos sexuales de hombres y mujeres. Todas rieron y Delgado evadió la intensidad de algunas miradas cuando Rosana dijo que, según el estudio, los hombres tenían tendencia natural a la promiscuidad.

Regina contó que la noche anterior había hablado con su familia en Venezuela y que su madre estaba feliz y su padre muy enojado. Su padre, que llevaba más de veinte años seguidos jugando al golf, no podía aceptar que la aficionada de su esposa hubiera logrado algo hasta ahora imposible para él: hacer un hoyo en uno.

Delgado aprovechó la historia de Regina para hablarles del Zen y de su relación con la escritura, de lo útil que resultaba a veces, para acertar en el blanco, la falta de intención.

Jessica y la niña de ojos grandes hablaron de ataques terroristas.

Magnífico Delgado no esperó a que le pidieran una historia para hablar de la noticia que leyó esa mañana. Contó entusiasmado, deteniéndose sin prisa en los detalles, la historia del hombre que había sobrevivido quince días en los desiertos volcánicos de Hawai, bebiendo solamente las gotas de rocío que encontraba en el musgo. Las mujeres lo escucharon expectantes, pero cuando llegó al final tuvo la sensación de que esperaban más.

—Quince días —insistió Magnífico—. ¿Se dan cuenta? Ellas parecían no darse cuenta. Algunas, las mayores, pusieron rostros de asombro mal fingido. Levantaron las cejas, abrieron los ojos con desmesura y la boca con arrobo, pero la contrariedad por no entenderlo les desdibujaba el gesto. Supo, entonces, que lo mejor era seguir hablando de otras cosas.

Él mismo no era más que tres historias, un refrán y varias líneas de un poema. Después de haber dado mil rodeos, pensando que la vida era compleja, había descubierto que podía resumir sus posiciones frente a todo con ese reducido arsenal de palabras.

La historia de los ciegos y el elefante le había enseñado que cada quien ve el mundo desde su propia y limitada perspectiva. Delgado les preguntó si conocían esa historia y la chica de ojos enormes dijo que sí. El recuento fue torpe, con prisa por llegar a la conclusión. Delgado siguió la historia embelesado por el brillo de sus ojos, preguntándose si esa criatura celestial conocía el secreto de las hetairas romanas: las gotas de belladona para hacer irresistible la mirada. Cuando ella terminó, Delgado le dio las gracias y volvió a referir la historia, sin prisa, regodeándose en los detalles, enseñándole a la niña la lección simple de disfrutar de cada experiencia como si fuera irrepetible. Les dio nombres a los ciegos y decidió que eran monjes, situó la historia en las selvas de Serendib, habló de las fieras que miraban a los ciegos mientras se internaban en la espesura, habló de la expectativa, de uno de ellos recordando, años más tarde, en su lecho de muerte, aquella experiencia definitiva. Habló de la polémica cuando uno dijo que el elefante era como un tronco de árbol y el otro, que era como una enorme mariposa y otro más lo comparó con una pared y otro con una serpiente y otro, el que recordó todo aquello en el momento de su muerte, con un pincel.

La historia del traje nuevo del emperador le permitía tener presente que la gente es capaz de todo por salvar las apariencias y que es difícil ver las cosas como son, cuando ya alguien decidió lo que veremos al mirar. Todas recordaban la historia y mostraron alivio al poder compartir con Delgado su entusiasmo. Delgado recordó la sorpresa que se había llevado al releer esa historia unas semanas antes. Había vivido convencido de que la conocía completa y que entendía su mensaje, hasta que dio con esa edición de los cuentos completos de Andersen y se permitió el placer ocioso de releerla. La coda lo dejó estupefacto. No recordaba haberla encontrado en sus otras lecturas. Llegó a pensar que intereses malignos habían procurado la eliminación de ese párrafo final, donde Andersen había agrega do una moraleja más: la forma como los pueblos asimilan, trivializan y olvidan su propia estupidez.

La tercera historia era la del viejo, el niño y el burro. Como algunas no la conocían, Magnífico Delgado decidió contarla.

—Tiene un orden y una longitud variables —dijo—. Según el ánimo que tenga el narrador. Lo esencial es que uno de los dos, digamos que el viejo, iba sobre el burro mientras el niño caminaba. Al pasar por un caserío, la gente empezó a criticar al viejo por obligar al niño a caminar. Contrariado, el viejo subió al niño con él, pero no avanzaron mucho cuando empezaron a recibir críticas por imponerle tanto peso al animal. El viejo decidió caminar mientras el niño seguía en el burro. Pero la gente empezó a criticar al niño por desconsiderado. El final tiene versiones diferentes. En algunas, el niño y el viejo siguen a pie, detrás del burro, hasta que algunos los critican por desaprovechar tan magnífico animal. Supongo que, en versiones exageradas, el niño y el viejo terminan por echarse el burro al hombro. Pero lo importante es la verdad evidente que expresa el relato: que la gente suele siempre criticar por criticar, que es fácil, y muy humano, juzgar que los demás están equivocados, y que es cosa de tontos pasarse la vida dando gusto a los demás, sin llegar a saber nunca lo que uno quiere de verdad.

Se disponía a hablar del poema de Herbert y del refrán cuando entendió que había algo más, que también había una imagen, un cuadro que había conocido diez años atrás, cuando viajó a París, cuando empezaba a recobrar las ganas de escribir y de vivir.

— También hay imágenes que nos definen —alcanzó a decir.

Pero supo, mientras hablaba, que no debía mencionar esa pintura, que no iban a entender, que era posible que el encanto, esa confianza de viejos amantes que ahora tenían, se esfumara si empezaba a revelar lo que El origen del mundo significaba para él.

Les dijo:

—Ya vuelvo.

Caminó apurado hasta la salita de espera de la oficina del Departamento, tomó algunas revistas, regresó y les pidió que eligieran una fotografía y que escribieran una historia, que imaginaran el antes y el después, que les inventaran vidas a aquellas personas.

Cuando empezaron a escribir, Magnífico Delgado se fue hasta la ventana. Miró por un momento el reflejo en el cristal, las vio mover los ojos entre las imágenes y el papel, pero luego dejó ir la mirada hacia la calle, sintió en el rostro la tibieza y los murmullos que entraban desde la calle.

Se preguntó si debía contarles la historia del muchacho ahogado. Ocurrió durante uno de los primeros cursos de escritura que Magnífico enseñó en el país sudamericano, dos años antes de venirse a vivir al País del Sueño. Ya entonces Delgado había salido de los parajes más oscuros, con los ojos sangrando, como el Cristo resucitado de Bramantino. Ya era un hombre con hijos que pagaba la deuda de estar vivo. Ya la culpa y la tristeza le habían aflojado las cuerdas y le habían permitido moverse, salir nuevamente a la calle, encontrarse con gente en salones de clase, seducirlos y asustarlos con cosas aprendidas en los tiempos del horror.

El muchacho ahogado había elegido la foto de una niña sentada en un bote que miraba hacia el agua en un lago. Unas espigas altas se asomaban desde el cristal de la superficie, parecían proteger a la niña de la inmensidad de las aguas. Era una foto en blanco y negro, tranquila, sencilla, bonita. El muchacho ahogado escribió que la niña estaba esperando a que saliera alguien, que estaba preocupada, que estaba pensando arrojarse a buscarlo. Todos elogiaron esa historia. Magnífico pensó en el contraste de esa gramática horrible, hija de una mala escuela, y ese enorme talento creativo. A mitad de esa semana el muchacho ahogado se armó de valor para explicarle a su padre por qué no iba a estudiar ingeniería. Le dijo que ahora sí sabía con certeza lo que quería hacer con su vida: sería escritor. El viernes nadaba en un lago. Cuando notaron su ausencia ya era tarde.

Delgado volvió a mirar el reflejo en la ventana. Seguían escribiendo. Había olvidado ponerles un plazo. Todas trabajaban. Decidió dejarlas escribir hasta que algunas empezaran a mirarlo.

Pensó que le faltaba ya muy poco para terminar la historia, que lograría tenerla lista para el último día de ese curso de verano. Volvió a preguntarse qué relación había entre la historia y el cuadro. Hasta entonces le había sido imposible incorporar el cuadro en la historia, pero sabía que sin la compañía de esa imagen le habría sido imposible escribir la. Dejaría esa labor para los críticos, ellos lo saben todo. Delgado sentía que cada vez sabía menos y ni siquiera era posible asegurar que alguna vez llegó a saber bastante. Tan solo había aprendido a confiar en la intuición, a dejar que las cosas se escribieran de la misma manera que les salen las hojas a los árboles. Su tarea consistía en sostener el lápiz, en apiadarse del texto y hacerlo comprensible, decoroso.

Cuando empezó a escribir esa historia, todavía negándose a aceptar que nunca más volvería a ver a Aimée, agradecido con el último regalo, supo que el título solo podía ser *El origen del mundo*. Se detuvo largo rato en cada letra, entre una letra y otra, entre una palabra y otra. Recordó lo que sintió cuando encontró la pintura. Fue justo después de El Infierno de Rodin. Magnífico Delgado había entrado a otra sala del Museo, pasó la mirada distraída creyendo que ya nada iba a llamar la atención de sus ojos saturados, pero un cuadro pequeño lo obligó a detener se. Abrió la boca y dejó asomar los ojos fascinado. Pocas personas se atrevían a pararse frente al cuadro, que apenas llevaba unas semanas expuesto por primera vez al público. Algunos lo miraban desde lejos, de reojo. Pero como nadie en París conocía a Magnífico Delgado, como había viajado solo para hacer su peregrinación de escritor amateur, a poner flores en tumbas, a pisar escenarios, se sintió libre para observar largo rato ese prodigio.

"Eso es todo", pensó, sin despegar los ojos del manantial nacarado. Se dejó invadir por el alivio de saber que alguien más, un siglo atrás, había pensado que el misterio de la vida se resumía en eso. Frente al cuadro recordó remotos cielos de tela, horizontes de papel, fugacísimos encuentros verdaderos. Pensó también en la muerte, en el estancamiento gris oscuro, y en el regreso: la explosión de volcán, los alaridos y el furor del despertar, meses después de la tragedia. Recordó el momento en que volvió a ser consciente de sí mismo y se supo solo para siempre, herido de muerte para siempre. Recordó el llanto furioso con que anheló un abrazo, una caricia mínima, una mirada, un pensamiento que lo envolviera. Revivió aquellos tiempos de encierros prolongados en los que solo salía para comprar cuerpos, para pagar por el derecho a recorrerlos, a verlos y tocarlos, a sentirlos y lamerlos. Después llegaría a encontrar sexo y conversación en una misma persona, creyó incluso encontrar el amor, pero siempre recaía —una de las pocas mujeres a las que no tuvo que pagarles lo llamó alguna vez desde allá arriba: "Hellooo!, Monsieur Cousteau. I'm still here!"— y tenía que volver a levantarse. Pero, en aquellos tiempos, la mirada enrojecida solo le dejaba ver criaturas monstruosas, bichos ávidos e inquietos, flores ambulantes —soterradas— evaluando implacables la calidad del polen. Se movía por el mundo adivinando en cada rostro la forma del sexo, la textura y los vellos, el color y los rasgos. Fue entonces cuando llegó a la conclusión de que todo en las mujeres era sexo, que las manos eran partes de su sexo, que la boca era otro pliegue de su sexo y que el sexo tenía ojos descontentos. Después de perderse en los sexos, de mojarse en la humedad y de mezclarla con sus lágrimas, regresaba a su encierro, a escribir, a leer, a consolarse, a castigarse, a purificarse purificándose.

"Esto es todo", se oyó decir en el salón. Volvió a mirar el reflejo en el cristal. No lo habían escuchado. Recordó el alivio que sintió frente al cuadro de Courbet, la sensación de que el horror había concluido, que todos sus pecados estaban perdonados.

Cuando empezó a escribir la novela se apresuró a conseguir una copia del cuadro. Antes de entrar en la historia solía mirar los labios solo un poco entreabiertos, solo un poco irritados, el bosque oscuro, el horizonte claro y la redondez del seno. Ahí estaba todo lo que rara vez podía verse, el rostro verdadero. Entonces volvía a lo escrito, corregía una coma, agregaba una frase. En noches de suerte avanzaba unos párrafos.

La tormenta del divorcio lo había alejado de la historia. Durante meses había sido nuevamente dolor, noche oscura, sentir en los hijos la eternidad de la condena. Pero esta vez la obligación le había impedido sumergirse en la parálisis, también la dicha que le daban sus clases. Podía pasar semanas y meses sin hablar con nadie, si por lo menos te nía el consuelo emocionado de entrar en un salón de clase para hablar de un poema o un cuento. Había vuelto a buscar en otros seres un poco de sexo, compañía y sosiego, pero empezaba a darse cuenta de que tenía menos fuerzas para creerse los inventos que acompañaban todo eso. Tras muchos forcejeos, se sentía empezando a admitir la soledad, empezando a entender su manera distante de unirse con el mundo.

"Ahí están", pensó, "escribiendo". Las miraba en el cristal como se miran los eclipses. "Nueve, al final de cuentas, con sus lápiz lapiceros, con sus plumas y tinteros, moviéndolas, dejándolas fluir".

Supo que aquel episodio de su vida concluía, que la se mana siguiente sería de despedidas, que nunca más volvería a vivir una experiencia como ésa.

Entonces empezó a murmurar, en voz muy baja: "Tinta, plumas y papeles, dedos untados de sangre, de semen y de flujos vaginales".

Miró el cristal y pensó en ellas como una sola ella, como esa amada imposible que jamás iba a encontrar: "ese reflejo pálido en tus líquidos, esa mucosidad devastadora, ese mortal abismo humedecido, esa soberbia luz en lo pro fundo, ese volcán dispuesto a reventarse, ese tenso terreno erosionado, dispuesto a hacerse trizas sin quejarse, ese morir, ese ser, ese saber, ese sentir lo más profundo lo más eterno lo más doloroso y dulce y adorable, ese ser ese no ser ese morir…"

Seguían escribiendo, distantes, concentradas. Magnífico sentía las palabras asomarse, las escuchaba dentro de sí mismo, sigilosas, como el murmullo de una oración en las paredes de un convento. Volvió a sentir aquel viejo temblor, lo vio venir agradecido.

"Ese absorber chupar tragar. Succióname, mi vida. Trágame. Cómeme como solo tú me comes. Déjame dentro de ti y jamás me sueltes. Nunca me dejes ir, tesoro mío.

No me dejes salir, trágame, cómeme. No sueltes, no dejes de halar, de agarrar, de encoñar. Encóñame, mi cielo. Cómeme, chúpame, succióname, trágame, envuélveme, mátame de dicha, vida mía. No me dejes de amar nunca, mi vida. Condúceme a la muerte, vida mía".

VII

El origen del mundo

Él fuma lentamente, se bebe un vino aguado y deja que los ojos descansen en la tele.

Sabe que puede —si se esmera— precipitar las cosas, gastando los ahorros que su fiero ascetismo de pan y mortadela podría hacer rendir durante años.

Pero aún no se decide al despilfarro. La idea de buscar otro trabajo lo deprime, lo hace perder el apetito y, así, a lo recogido se le hace menos mella.

Al verlo tan tranquilo, la vida ha cavilado la manera de traerle emociones a esos días eternos en los que nada pasa: solo pasa la espera.

El teléfono suena. Él deja que suene por una eternidad. Tras un silencio breve, vuelve a sonar. Decide que, si cuelgan y vuelven a marcar, contestará.

El aló sale gangoso e inarticulado, como un ladrido.

—Viejo —dice una voz que también está perdiendo el hábito de hablar.

—¿Qué? —parece decir él.

—Esta noche vendrá Raquel a cenar conmigo.

Él no habla, apaga el cigarrillo, expulsa el humo por la nariz, solo sale por un orificio.

139

—No sé cómo pedirle que se case conmigo.

Él se levanta, pone el auricular en la silla, camina a la nevera, saca las bolsas del pan y la mortadela. Decide que se merece un emparedado completo y toma dos panes, calcula que, si regresa a la fórmula "uno por uno", le alcanzará hasta el sábado. Piensa que los sábados hay mucha gente en los supermercados y decide comerse una mortadela más. Luego vuelve a la mesa con lamparita que está al lado de su silla, se dirige con el vaso al lavaplatos y le agrega más agua. Come sin prisa, bebe con calma. Vuelve a su silla, toma el auricular y dice:

—¿Y qué te hace pensar que te quieres casar?

—No, viejo, es inútil. No me vengas ahora con tus diálogos socráticos.

—Entonces, ¿para qué llamaste?

—Tengo miedo y necesito que me digas que no hay que tener miedo.

—No hay que tener miedo.

—Gracias, viejo. Ahora estoy mejor.

Sostuvo el auricular con la mejilla y el hombro, descubrió que el paquete de cigarrillos estaba vacío, volvió a dejar el teléfono en la silla, caminó hasta un armario cuyos cajones inferiores no abrían por completo, porque la cama lo impedía, y sacó otro paquete. Agotado por el esfuerzo se sentó en el suelo. Pensó que si se empeñaba un poco lograría sentir sueño. Se tiró boca arriba en la cama, cerró los ojos, imaginó la granja de las ovejitas que no se cansan de saltar, pero un zumbido molesto no lo dejaba concentrar se. Imaginó que un insecto averiguaba qué tan dormido estaba y abrió los ojos para buscarlo, pero descubrió que era el teléfono, que la voz allá lejos seguía sonando. Cuando volvió al auricular, la voz estaba llorando.

—Es tan triste todo esto —decía.

—No hay que sentirse triste.

El llanto allá lejos empezó a disolverse.

—Espera —dijo la voz.

Imaginó una mano cubriendo el auricular, pero la medida no evitó que escuchara la enfática limpieza de nariz.

—Creo que estoy mejor —dijo la voz—. ¿Y tú? ¿Cómo estás?

Era un hecho que estaba mejor.

—No me quejo —dijo él—. Empiezo a querer que pasen cosas, pero no me quejo.

—Olvidaba decirte que quizá hay un trabajo que pue de interesarte.

—No más periódicos a las tres de la mañana.

—Nada de eso —cada vez era menos notorio que hubiera llorado.

—No más clases de español.

—¿Quieres oírme?

—Habla.

—Es como jugar a los detectives. Nada serio. No le dará buen nombre a quién lo haga. Parece que el dinero tampoco es mucho. Ni Ospina se ha interesado.

—¿Qué hay que hacer?

—No lo tengo muy claro. Es un lío de faldas. Hay un nombre y un teléfono.

Volvió a levantarse, llegó hasta su cama, pasó la mano debajo de la almohada y extrajo el cuaderno.

—Habla.

—Su nombre es Amada.

—Y busca a un sujeto que se llama Amado.

—¿Quieres apostar?

—El número —dijo él.

—Tres nueve ocho tres dos siete siete.

—Ya está.

Dejó el cuaderno en la mesita. Abrió el paquete de cigarrillos. La cubierta de celofán no quiso mantenerse dentro del cenicero. Al desplegarse saltó sobre el cuaderno.

—Tuve un sueño anoche que quiero contarte —dijo la voz.

—Por qué mejor no te preparas para lo que te espera. Escribe un discurso o algo parecido.

—Me preocupa que el sueño me esté queriendo decir algo que no entiendo —la voz volvía a sonar intranquila.

Dejó el teléfono y se fue al televisor a cambiar los canales. Sonrió cuando se encontró con un viejo episodio de Dimensión desconocida, el del hombre que quería soledad para ponerse a leer. Conocía muy bien el final. Sonrió con anticipación al pensar en el momento en que el hombre lograría la soledad deseada, en la fruición con que ordenaría las pilas de libros que leería cada mes, en el gesto de horror cuando los gruesos cristales de sus gafas se rompieran sin que él hubiera llegado a leer ni una línea. Volvió a la silla y, como el teléfono le estorbaba para sentarse, decidió ponérselo en la oreja.

—¿La recuerdas? —decía la voz.

—No estoy muy seguro —dijo él.

—Era una tienda pequeña. Desde ahí se veía la puerta del parque. Bueno, era y no era. Recuerdo que íbamos casi todas las noches.

—¿Y?

—No sé cómo explicarlo. Tiene mucho que ver con la luna de metal.

—¿Cuál luna de metal?

—Acabo de decírtelo. A veces tengo la sensación de que no me escuchas. Íbamos caminando por el parque cuando vimos aquella luna enorme de metal. Parecía estar muy cerca. Uno tenía la sensación de que era posible alcanzarla si saltaba o encontraba una escalera. Creo que lo intentamos.

—¿Buscar la escalera?

—No, hombre, saltar. Si hubiéramos buscado la escalera, el sueño se habría ido para otro lado. No es fácil encontrar escaleras en los sueños. Además, lo de la escalera se me ocurre ahora. Creo que entonces no pensamos en ella.

Aspiró fuerte el cigarrillo, jugó a deslizarse el paquete de fósforos entre los dedos, miró distraído la foto del anuncio: tres mujeres sonriendo, imaginó una vida junto a la que estaba en el medio. Recordó el momento exacto en que esos fósforos entraron en su vida. Se preguntó cómo habían escapado del cajón de los fetiches. Ahora el humo salió por el otro orificio.

—Ah, sí —dijo él—. Aquella luna de metal. Viste que empezaba a oxidarse por uno de los bordes.

—¿De qué bordes hablas? Era una luna llena, redonda, luminosa y de metal flotando sobre nuestras cabezas. ¿De qué bordes hablas? No me tomes el pelo. Te digo que fue un sueño. Tú no estabas ahí. Fui yo quien soñó que estabas ahí.

—Raquel se está perfumando la entrepierna para salir.

—¡Imbécil! Nunca sabrás cómo termina el sueño.

143

—Déjame suponer.

—Ánimo, Rumpelstinski.

—Salimos del parque, llegamos a la tienda y al asomar nos a la puerta nos vimos ahí sentados en una mesa, tal como éramos cuando nos conocimos: yo, delgado; tú, con pelo, los dos muy jóvenes, bebiendo unas cervezas.

—Pero no sabes lo que sentimos en mi sueño.

—¿Quiénes?, ¿nosotros?, ¿los de la puerta?, o los que estábamos sentados, quizá escapados de alguna clase.

—Los cuatro.

—Miedo —dijo él—. Mucho miedo.

* * *

Ella cree recordar que era de día, uno de esos días prescindibles del verano que parecen durar meses, sin propósito alguno, por costumbre o inercia, por simple incapacidad para acabarse.

No ha dejado de intentarlo, pero ha sido imposible saber si había alguien con ella, si ese alguien concebible le habló del peligro.

El día había entrado en una penumbra gris, que no era noche y tampoco atardecer, cuando la ilusión de calor empezó a hacerse jirones, y sus brazos descubiertos se eriza ron. El frío parecía traerle recuerdos remotos e imprecisos que le dieron unas ganas apremiantes de orinar.

Podría relatar con lujo de detalles lo que ocurre cuando ella se levanta, se acomoda el bolso negro en el hombro derecho y camina hasta el baño. Nunca lo ha intentado, pero cree que podría decir exactamente lo que hacían las personas en las mesas que vio en su recorrido, cómo estaban dispuestas, qué ropa llevaban. Cree incluso que podría rescatar conversaciones. Cree saber qué pensaba el hombre en el mostrador, quien no dejó un solo momento de mirarla.

Recuerda, como si no se tratara de un recuerdo, el gesto contrariado que le subió a la cara cuando se encerró en el baño, el alboroto en que andaban esos dos allá abajo, la indiscreción de la tela. Pero, frente al espejo, la pugna de gestos que había en su rostro era más preocupante. La situación era absurda, faltaban explicaciones y no terminaba de elegir si todo aquello ameritaba sentir miedo o sola mente desatar una sonrisa resignada, como la que inspiran ciertos sueños.

Ahí, en el baño, ahora mismo —porque es necesario insistir en que se trata de un instante más vivo que un recuerdo— las palabras son exactas, rotundas, invariables. Son palabras que suenan sin una voz precisa, pudo haberlas leído, pudo haberlas pensado, pero siente haberlas escuchado y siguen resonando con una claridad desconcertante:

"Un hombre te busca. Su misión es matarte".

Nada importan las reflexiones que ha hecho desde entonces. Es inútil que insista en convencerse de que no hay nadie en el mundo que tenga razones para querer que muera. La orden ya fue dada. El hombre está buscándola.

Solo hay una esperanza: que nunca escriba nada. No cree difícil renunciar a la escritura. Le parece un mal chiste que quieran prohibirle lo que no le interesa. En un rincón oscuro de sí misma elabora el inventario silencioso —temerosa de oídos muy agudos— de lo que de verdad le dolería. También cree posible eliminar las contadas palabras que han salido de sus manos: conoce el sitio exacto donde reposan las cartas, tiene una idea —que es casi una certeza— del lugar donde duerme su único diario, esa debilidad de tres semanas.

Le resulta un misterio intolerable que el hombre que la busca solo conozca de ella la forma de sus letras. No tiene ni una foto. Ninguna descripción. Ni su nombre siquiera. Solo la peculiar inclinación a la derecha de su grafía poblada de barriletes, las briznas engreídas que brotan y se elevan de sus enes y sus aes.

Pero no puede darse el lujo de pedir explicaciones. Las palabras son claras. El riesgo es real:

"Si consigue ver tu letra, te reconocerá".

* * *

Como los silencios eran largos, él podía escaparse a pensar cosas diversas. Una de esas excursiones la ocupó en reconocer el sistema de luces y de sombras que imperaba en la sala.

Cuando entró en aquel lugar, lo primero que llamó su atención fue la cubierta negra en torno a la lámpara que colgaba del techo y descendía hasta muy cerca de la mesa de centro. Pensó de inmediato en una sensibilidad exacerbada. Pero solo después, cuando el protocolo del saludo había quedado atrás y empezaban a acercarse al centro de la charla, notó que la cubierta negra no era un detalle accidental: la sala era un lugar sellado por completo a cualquier fuente de luz. Si no fuera por la lámpara, por su calculado chorro de luz, mojando apenas la mesa y el borde del sofá, la oscuridad sería total.

Le resultaba imposible ver bien a la mujer. La luz de la lámpara no la alcanzaba. Trató de saber algo sobre ella con la única información que tenía: la voz y la forma de las manos cuando se acercaban a la luz para hacer algún énfasis o mostrarle algo. Pero ambas cosas parecían rechazarse. La voz sonaba como si hace mucho hubiera dicho todo lo que tenía para decir, como si no creyera en ella misma, como si supiera —desde siempre— que hablar es mentir. Las manos, en cambio, parecían inexpertas para moverse en el mundo, alentadas por una perversidad aún no descubierta.

Alguna vez, cuando todavía se ufanaba de ciertas destrezas, había asegurado que podría conocer a una mujer con solo mirarle las manos. Calcular la edad era lo más fácil de hacer y comprobar. Pero él aseguraba que también podía ver en ellas la experiencia, los llantos enjugados, el tipo y la frecuencia de todas las caricias. Pero estas manos lo desconcertaban. No parecían tener ninguna relación con la voz que estaba escuchando, a menos que fuera posible que alguien naciera con una voz ya gastada.

—Mi esposo nunca sale —dijo esa voz.

—Pero tendrá algún contacto con el mundo exterior

—dijo él, preguntándose por qué esa impaciencia suya por resolver el caso antes de empezar a trabajar en él.

—Ninguno.

—Entonces no entiendo por qué piensa que la engaña.

—No me engaña —dijo la voz, endureciéndose un poco, dejando entrever que podría endurecerse mucho más—. Es él quien se engaña si cree que puede engañarme.

Él pensó que repartir periódicos a las tres de la mañana no era un trabajo tan duro después de todo. Decidió no intervenir demasiado, esperar, escuchar, estar atento al instante en que todo eso empezara a prometerle alguna ganancia.

—Mire usted —las manos se acercaron a la luz con un papel muy doblado y empezaron a desdoblarlo—. Le ruego que lea.

No era un ruego. Era una orden. Él no tenía nada que perder, al parecer ya estaba trabajando. En el centro del papel había un par de frases escritas a mano.

—Dice: "El lago no es el mismo. No quiero morir sin haberte besado".

Pensó decirle que no era para tanto, que todo el mundo suspira por besos no dados, pero la inminencia de ese nuevo trabajo lo había impulsado a gastarse sus ahorros. Su necesidad de dinero era ahora más grande que seis días atrás.

—Sospechará usted de alguien.

—Nunca sale.

—Supongo que no siempre ha sido así.

La mano señaló el papel con un índice impecable de uña sin pintar.

—Mire —también era una orden—. Huela. Este papel es tan reciente, que todavía huele a bosque. Hace seis años que no sale.

Él admitió sin palabras que el papel no podía ser tan viejo. Notó que los mismos pliegues eran recientes, que el papel no había sido doblado y desdoblado muchas veces, pero no quiso hacer alarde de su forma de mirar.

—No me tome a mal señora…

—Amada —lo interrumpió aquella voz.

—No lo tome a mal señora Amada…

—Solo Amada.

—Perdone, pero no creo tener la confianza para llamarla por su nombre.

—Quizá si arreglamos lo de sus honorarios empezará a tener confianza.

Empezaba a sentirse acorralado y odiaba sentirse acorralado. Abrió la boca sin saber muy bien lo que diría, pero ella le salió al paso.

—Cincuenta la hora. No pienso hacer preguntas. Quiero que venga cada lunes a darme un informe. Usted me dirá cuánto tiempo le ha dedicado a su tarea y le pagaré de inmediato.

Pensó que sería fácil engañarla si quisiera. Imaginó de manera desganada las historias que inventaría cada lunes: los obstáculos, las repentinas esperanzas.

—No se esfuerce —dijo ella—. Usted no es de ésos. Desde que llegó, no he dejado de verlo mirar. A usted lo aburre al poco tiempo una misma situación. Odia mentir, más por pereza que por cualquier escrúpulo.

Quizá se calló, sabiéndolo, que también le resultaba odioso que lo conocieran tanto con solo mirarlo.

—¿Viene alguna otra mujer a la casa? —dijo.

"Sí, Amada", pensó. "Tardo poco en querer que pasen cosas, he gastado mi vida en vencer esa impaciencia".

—Se ve que no conoce a mi marido —dijo ella—. Pero entiendo, solo tiene su vida como referencia para juzgar a la gente. Viene una chica tres veces a la semana para ayudarnos con la casa.

—A juzgar por lo que me ha dicho, esa mujer es la principal sospechosa.

—Lo dicho, no lo conoce —la voz tenía un tono burlón que no acababa de borrar la sensación de fastidio—. Pero lo dejaré alentar esa ilusión.

—Supongo que ha tomado la precaución de comprobar que no es usted quien la escribió.

—Por Dios, querido…

Ella se interrumpió para que él llenara el silencio con un nombre.

—¿Ha oído hablar de Heráclito?

—Lo habré visto un par de veces —respondió la voz—. No lo reconocería si me cruzara con él.

—Uno a veces olvida. Las letras de las personas cambian tanto como las personas.

—Querido —la voz empezaba a cansarse del asunto—, si la vida fuera tan sencilla, casi ningún esfuerzo sería necesario.

* * *

Ella siente una inquietud que no molesta y que no nombra. Puede olvidarse del asunto y entregarse a los vaivenes de esos días del verano sin mayores sobresaltos.

Bajo un sombrero amplio, bajo gafas azules, sonríe cuando piensa en lo sencillo del trabajo. Mantener ocupadas a esas hijas ajenas es algo que podría hacer dormida, despertando solo a ratos, para decir con voz suave: ahora sumas, ahora bailes, ahora piscinas o restas.

Lo increíble es que el dinero que le pagan está inflando sus bolsillos de manera exagerada. Dormita, sonríe y piensa en el sudor que le arrancaron trabajos anteriores. Recuerda una mañana de alma muda y brazos derrotados en medio de una turba de chiquillos. Muchas veces ha intentado adivinar frente al espejo qué figura dibujaba su rostro aquella vez mientras buscaba el llanto sin hallarlo, mientras se decía a sí misma: aquí estás, bienvenida, ésta es la vida adulta.

Ahora le gusta revivir aquel recuerdo —junto a otros recuerdos absurdos que ha venido cosechando desde hace unos diez años— para saltar después gustosa a la idea de vivir en California, que ha dejado de ser sueño irrealizable y ahora es un proyecto.

—Quiero irme de todo —le había dicho su amiga, antes de sorber con entusiasmo un frío cítrico y glacial.

—Siempre soñé con vivir en California —había dicho ella, sin pensar todavía que eso tuviera relación con el descontento de su amiga—. Mi padre me llevó cuando era niña.

—¿California?

—San Diego. Recuerdo que me llevaba en una moto por una avenida interminable frente al mar. Mis manos apenas me alcanzaban para rodearlo, para trenzar las puntas de los dedos en su barriga.

—Nunca he ido a California.

—No olvido el olor, no olvido el color de ese mar.

No consigue recordar con precisión en qué momento empezaron con el plan. Su amiga tenía unos parientes lejanos que quizá les ayudaran a instalarse. Ella tenía olores y colores, la espalda inmensa y próxima, el viento golpeándola.

Alquilaría una casa frente al mar: la vida sería unas constantes vacaciones. Claro que podrían vivir juntas. No faltarían disgustos, pero podrían. Nadie las había obligado a seguir siendo amigas después de tantos años y ahí estaban. Tenían un largo historial de momentos compartidos. Se habían guiado mutuamente en la torpeza de los prime ros noviazgos. A los diez u once años, su amiga se había quejado porque no podía verse bien, ni siquiera usando espejos podía ver los detalles. Se turnaron para abrirse hasta más no poder, mientras la otra miraba y anunciaba sus hallazgos: un lunar, una piel de gallina, algo como un extraterrestre que gritaba, una cosa toda rara.

Solo un afecto verdadero, una afinidad a toda prueba explicaba que aún siguieran hablando cada semana, que nunca dejaran transcurrir más de un mes sin reunirse, limonada o chocolate con galletas, una buena película romántica, alguna cena de cumpleaños con los novios, cuando ambas tenían novio.

—Ahora una película.

* * *

El lunes se acerca y piensa una semana de esfuerzos continuados e infructuosos. Se asoma a la ventana para estar convencido de que nada puede hacerse: la oscuridad irá adueñándose del cielo, sin remedio, las luces de las ventanas empezarán a encenderse resignadas. Solo cuando la noche es completamente noche consigue imaginar la oscuridad de la mujer en esa sala, el relieve venoso de sus manos acercándose a la lámpara para mostrar un énfasis.

—Y bien, señor Heracles, ¿qué cosas trajo el río esta semana?

—Muchas, pero no las que buscamos.

—¿Berto? —la voz de la mujer se eleva un poco. Él le imagina un cuello fino ahora alargado. Las noches de domingo son atroces. Solo entonces descubre lo profundos que son ahí los silencios.

—¿Berto? No te hagas el listo. Pagarás caro por esto. La luz débil de la puerta le permite ver que Berto es simiesco y trae un vestido que fue nuevo y elegante hace cuarenta años. Las mangas le quedan cortas, también los pantalones. Luego no puede verlo, escucha muy cerca el apremio de su respiración, su tono quejumbroso.

—Mil perdones, señora —la voz también es prehomínida.

—Tráeme el estuche.

—Sí, señora —dijo Berto. La puerta volvió a abrirse, a iluminarlo un instante, grueso, saltarín y cabizbajo, a desaparecerlo.

—Estos esclavos de ahora son una auténtica molestia— dijeron las manos, los meñiques levantados escrupulosamente.

—¿Está usted segura de que no tiene un sobre? —piensa él que dirá, profesional, centrado en su trabajo—. Un sello, una estampilla, ayudarían cantidades.

—Por Dios. Su simplicidad empieza a incomodarme.

¿No cree que si tuviera un sobre se lo habría dicho hace una semana? ¿No cree que estoy interesada en que este asunto se resuelva?

Él piensa en lo fáciles que podrían ser las cosas. Se niega a imaginar la objeción que la mujer encontraría si él pidiera conversar con su marido. Empieza a preguntarse si existe ese marido, si todo no será una simple broma de su amigo y los otros, un lujo barato para divertirse a costa suya por un tiempo. Considerando la idea del montaje, la cuidadosa puesta en escena, le resulta posible pensar que un momento u otro las luces van a encenderse y todos reirán y lo señalarán y seguirán riendo por semanas.

Aprieta los labios junto a la ventana. La rabia se le extingue sin haber tomado mucha fuerza. Será fácil para él reír también de la ocurrencia, será fácil prolongar el trabajo, presentar los informes cada lunes, inventar lo que hizo hora por hora, recibir su dinero, confiar en que el azar ayude un poco cuando uno de los dos empiece a cansarse del asunto.

Comprende que esa noche no habrá luces en su cuarto. Viaja desde la ventana hasta su silla acongojado. Es triste saber qué ocurrirá, es como si la vida ya hubiera terminado.

* * *

Como la vida es fácil y el viaje a California se organiza por sí solo, las horas se doblegan al placer peligroso.

La película es larga y absorbente, la voz de su amiga en el teléfono no llega a distraerla, puede ir abriendo el bolso mientras oye que una casa situada muy cerca del zoológico ya las está esperando.

Olvida qué buscaba y no recuerda en qué momento su mano se ha encontrado con la pluma. Alguna de las niñas se vuelve, le sonríe, regresa a ese trenzado de sustos y expectativas.

Todavía se pregunta por qué inventó la historia, por qué sintió el impulso de crear de la nada a un hombre al que pensaba regalársela. Se tomó todo el tiempo en buscarla. No se dejó impresionar por las primeras que le mostraron. Pensaba que al tenerla en la mano sabría que era ella, la única en el mundo, la extensión de su cuerpo, la herida diminuta por la que iba a desangrarse.

Ahora la aferraba, husmeando en el aire, impaciente, nerviosa, deseando regarse. Trató de no hacer ruido con la búsqueda, de no alterar la paz con su impaciencia. Tomó el primer billete que encontró en los vericuetos de su bolso, buscó un espacio claro, usó su mano izquierda como mesa, pegó la punta fina y redondeada, vio la estrella de tinta crecer en el paisaje, pensó que lo mejor era abstenerse de pensar y dejó que sus dedos hablaran:

"Te espero".

Fue todo y, sin embargo, al levantar la vista sintió que el universo había cambiado.

Tapó la pluma y la metió en el bolso, cuando abandonó esa textura de piel se asomó al recuerdo de su primer contacto. Guardó el billete formulando el propósito de correr a gastarlo. Puso a un lado el teléfono en el que desde hacía mucho nadie hablaba. Dejó salir el aire con alivio. Sintió que su cuerpo se soltaba, buscaba comodidad en medio de aquel sofá enorme, escandalosamente fino. Miró las espaldas de las niñas, sentadas en la alfombra, sus siluetas dibujadas por la pantalla. Se preguntó si alguna vez conocerían emociones como ésa.

Se vio ejerciendo su pasión con deleite minucioso; pidiendo billetes en lugar de monedas, denominaciones bajas. Se vio sentada frente a mesas cubiertas de montañas de papel, sintiendo en todo el cuerpo las frases que brotaban de sus manos:

"Aquí hace frío y llanto". "Apúrate, mi cielo".

"Las horas son eternas sin tus labios".

Imaginó las manos, los inimaginables recorridos: bolsos, registradoras, bolsillos, billeteras, bodegas y bares. Trató de creer que era posible saber todo lo que el billete compraría a su paso: juguetes, lealtades, crímenes o comida, caricias o zapatos. Imaginó que algunos abandonarían la distracción y llegarían por error a creerse los destinatarios del mensaje. Imaginó también sus primeras distracciones, el momento en que él comprendiera que le hablaban, que lo estaban haciendo desde no se sabe cuándo.

Justo en ese momento sintió el apremio de imaginarle una vida, un pasado, unos estados de ánimo. No pensó en su apariencia, se negó a precisar detalles ostensibles. Sabía que nunca se acierta. Pero se aventuró a suponer vagas derrotas, unas cuantas certezas que jamás cuestionaba, obsesiones pueriles y definitorias.

Después pensaría en sus motivos. Esa tarde, delegándole al televisor la tarea de cuidar de las niñas asustándolas, se dedicó a asediarlo en las minucias, la impaciencia de las manos, el mutismo disfrazado de elocuencia, la mirada perdida en una imagen.

Lo imaginó abrumado por su propia agudeza, atento a las confesiones públicas de los secretos más ocultos, le yendo la avidez o la evasión de las miradas, escuchando las manos, valorando pestañas y labios, deseando, imaginan do, yendo al fondo de cuerpos y conciencias.

Lo imaginó obsesionado con su nueva búsqueda, des entendido por momentos de los gestos, asomado por encima de hombros, escarbando apurado en oficinas en penumbra, buscándola en sus trazos, como se busca un sexo en la mirada, sin saber que la tiene en sus manos, que el billete donde ella le dice "enséñame el futuro" acaba de irse sin ser escuchado.

* * *

La luz ofende sus ojos irritados, somnolientos, deseosos de sombra. El sueño del que ahora ha salido debió ser profundo, inusual, una de esas muertes periódicas de las que se vuelve siempre cargados de estupor, de desconcierto, ávidos de lo habitual, lo conocido, de alguna de las formas del sosiego.

Si pudiera encontrar tenacidad entre los trozos del sí mismo que acaba de despertar, se cree capaz de recordar el momento en que encendió el televisor, quizá la noche anterior, la escena que transcurría en el cristal cuando se dio por vencido, revuelto, doblegado por los hechos de esa velada inusual.

El nombre de la noche se entrega dócil, supone que algún bolsillo le tendrá reservada la manera de volver a encontrarla, de volver a pedir esa abnegada destreza, sin juicios, sin precio, sin preguntas.

Alarga la mano hacia la mesita. Sus dedos esperan encontrar los cigarrillos, pero algo mucho más grande, como un animal muerto, se le entrega al tacto. Está muy hundido en el mueble, las horas transcurridas en esa posición aparatosa le impiden moverse, siente un horror moderado. El ruido del teléfono lo obliga a saltar, desenreda el enredo, ve el bolso de mujer en la mesita, lo pone entre sus piernas, contesta.

—¿Sí?

—No —ladra la voz, impaciente, rabiosa.

—¿Que?

Hay un silencio largo. No propiamente silencio, ruidos que podrían ser de cualquier cosa, choque o desplaza miento. Espera.

—No tengo mucho tiempo —ahora es un susurro, casi solo una respiración entrecortada—. Está aquí, vive conmigo. Pero es aterrador lo que ha ocurrido.

—¿Por qué hablas así?

—Estoy en el armario. No quiero que me oiga. Debes escucharme. ¿Recuerdas lo que te dije?

Deja el auricular en la mesita, tiene y vence el impulso de abrir el bolso. Lo pone sobre la cama. Va hasta el televisor. Decide no renunciar del todo a ese episodio de Viaje a las estrellas, se resigna a perderse los sonidos, los diálogos. Mira la silla, la mesita, suspira, eructa, siente un lodazal amargo subiéndole a la garganta. Quiere creer que un cigarrillo le devolverá la fe en algo. Cuando vuelve al teléfono, la voz sigue susurrando.

—… en el pecho, con decisión y con fuerza, dio un paso atrás y me dijo: "Primero tratemos de ser buenos amigos".

Oye unos ruidos raros, mojados y apremiantes. No podría jurar que la persona al otro lado de la línea está llorando. Quizá empieza a faltarle el aire en el armario.

—¿Te das cuenta? —insiste—. Se ha instalado en mi casa y no me deja tocarla.

—Te ama. ¿Qué más pruebas necesitas?

—¿Qué clase de amor es ése?

—No quiere que la vuelvas una cosa que perforas y olvidas.

—¿Crees?

—Supongo —apaga el cigarrillo. Trata de imaginar a la mujer del bolso. Juega a pensar que es la misma que busca. Tienen rostros que a veces consigue suponer como uno solo, despojado de nombres e historias.

—¿Cómo estás? —la voz al otro lado volvía a ser pública, diurna— Sí, aquí en casa, con Raquel. Tienes que conocerla. A ella también le daría mucho gusto conocerte. Mi vida no es la misma desde que ella está aquí.

—Déjate de payasadas. Te tiene agarrado. No te soltará hasta haberte transformado en hijo suyo.

—¡Ja!, qué chiste. Tú siempre con la nota humorística —baja la voz abruptamente, susurra: "grandísimo cretino". Vuelve a elevar la voz: —¿Dónde andabas metido? Llevo tres días llamándote.

—Es una larga historia. ¿Te dejan salir?

—Claro, cuando quieras, a Raquel le encantará. Pero avísame para tenerte algo preparado.

—Es capaz de encerrarnos a los dos para hacer una fraternidad, ¿o será una sororidad? En fin, tú te lo pierdes. Se viste como una geisha y hay algo en su técnica.

—Excelente. No olvides llamarme. Hasta pronto. Un abrazo.

Sonríe incrédulo cuando se queda solo. Quiere gritarle una palabrota al auricular. Suspira. Siente que el bolso en la cama es una presencia, que ha llegado el momento de hablarle.

* * *

Despierto a media noche con ganas de correr, como si ya llevara un largo recorrido, sudando y respirando con aliento agitado, oliendo los caminos, los pasillos y puertas, las tibiezas pausadas habitando la sombra. Despierto con los músculos ya listos para el salto, mojada con la espuma de sueños perdidos, sintiendo que también el laberinto de la noche se rige por las leyes del mundo que he dejado.

159

Con ganas de caricias, de furores callados, de encuentros que terminan sin haber empezado. Despierto convencida de que hay un sitio exacto donde otro ser me espera, sin nombre y sin pasado, moléculas gritando, antorcha dibujando señales en la sombra. Me despierto sabiendo que dormir no es posible, que solo hay un gran sueño donde es cierta la prisa, la avidez de otra vida. Pero el tiempo se instala, recupera su imperio, centinelas del miedo paralizan mi cuerpo y la noche se pierde como un sueño olvidado.

* * *

Curioso que ninguno de los dos conozca al otro y que estén —sin embargo— obsesionados el uno por el otro. La falta de rostro hace que llenen el vacío con diversos materiales.

Él, por ejemplo, se sorprende desplegando recuerdos recién desolvidados, volviendo a vivirlos, pero ahora sin la ella remota. Como las imágenes son frágiles, necesita que la tele esté apagada para evitar que lo distraigan los colores. Entonces van llegando, como ropa sin usar, momentos que al final se superponen con la mujer que está buscando.

Con ojos abiertos o cerrados, se ve caminando junto a ella por calles abarrotadas, dichoso e intrigado. También ella sonríe. Le cuesta oír lo que hablan, pero sabe que disfrutan, que la multitud se borra —incluso cuando chocan con alguno— y solo están los dos, gesticulando efusivos, hablando en voz alta, despreocupados de que alguien pue da oír aquella charla donde asoman palabras como muerte y fantasía.

Ella ocupa los días de la espera tejiendo una historia. Después de los llamados, después de atreverse a sentir que el encuentro solo es cuestión de tiempo, ocupa su vida sentada frente al mar, trazando el derrotero del dios que los creará. Paciente y tranquila, por fuera del tiempo, le elabora un inventario de razones para seguir, dispone con suelos y establece rumbos mágicos, para llevarlo con vida hasta el momento del encuentro.

La ciudad es muy fría y la acera está mojada. Las ropas que han traído no ayudan demasiado. De pronto han des cubierto algo que no tenían previsto: que el único motivo de ese viaje es un vago compromiso del que no se ocuparán hasta mañana al mediodía.

La noche y la ciudad les pertenecen, pueden hacer con ellas lo que quieran, pero eligen refugiarse.

Ninguno de los dos se preocupa por hacer menos notoria la ansiedad de estar a solas.

Mientras compran empanadas de pollo y jugo de manzana, aventuran excusas que no se preocupan por creer: están cansados, el viaje fue largo, mañana será un día agitado y tendrán toda la tarde para caminar un poco más por la ciudad.

Ninguno de los dos se ha sorprendido al escuchar que solo queda un cuarto disponible. Tampoco habían pensado que tendrían que despedirse para ir a descansar. Son ríen. Al hombre en la recepción nada le importa. Se miran con gesto de "mira la vida con lo que sale", "después de todo los amigos pueden verse en situaciones como ésta", "podremos recordar este episodio y divertirnos", pero no dicen nada mientras suben los peldaños: suspiran, jadean más de lo necesario.

Al llegar junto a la puerta se miran azorados, tratando de no mostrarse incómodos, miran a lado y lado.

—Ahora es cuando te levanto para entrar contigo en brazos.

Ella acepta jugar, decide hacer ligero ese momento.

—Listo —se acerca para que él pase un brazo por su espalda y el otro bajo las piernas que se doblan al contacto.

—Cómo pesas.

—Y pensar que es solo un sueño.

Él trata de ponerla en la cama con cuidado, pero ella se arroja, cae rodando y ríe.

Ahora están ahí, frente a frente, acostados muy cerca, mirándose, dos que nunca imaginaron la posibilidad de un beso, dos que no tuvieron tiempo para prever instantes, actitudes, mucho menos desenlaces.

Yacen sobre la cama, tendidos de costado, sin haberse quitado las ropas, con los zapatos destilando la humedad de la calle.

En la mesa de noche se enfría la comida.

Se miran y piensan, sienten nostalgia de la dicha que arrastraron por las calles, descubren que acercándose pueden combatir el frío. Sienten sus alientos golpeándoles el rostro, un tam tam de corazones agitados.

—¿Bailamos? —dice uno de ellos y el otro lo abraza en silencio.

A veces uno de ellos se aleja del vértigo entre nubes, del crepitar de espuma entre las olas, para preguntarse por segundos qué ocurrirá después, qué ocurrió desde siempre al final de ese abrazo, qué coyuntura olvidada ha conducido a esos dos hasta esta ciega cacería en la que aún no se conocen y se huyen y se buscan en sus trazos.

* * *

Tenía una sensación como de déjà vu retrospectivo. No era que sintiera estar viviendo algo que había vivido o soñado antes. Eso era común, eso le ocurría a cada rato. Le daba risa la explicación de los científicos, la historia del supuesto desfase cerebral.

Sus déjà vu más comunes eran aquellos en que vivía episodios que recordaba haber soñado. No era una soñadora aficionada. Desde muy niña había cultivado el hábito de recordar sus sueños. Su padre se lo había inculcado con sutileza. Cada vez que la veía despertar, le hablaba con suavidad, sin alterarla, le preguntaba qué había soñado. Un día, cuando tenía tres años, se despertó enojada y lo golpeó en la cara, porque en uno de sus sueños él la había regañado.

Tenía la costumbre de hacer cada mañana la evocación de lo soñado. Así que le costaba poco esfuerzo saber cuándo estaba viviendo una experiencia ya vivida o visitando un paraje ya visitado. Había empezado incluso a esbozar una teoría: que los déjà vu ocurrían en momentos de transiciones importantes. Llegó a establecer nexos estrechos entre esas coincidencias y su otra curiosidad frente al mundo: su pasión por las señales, los avisos, esos mensajes extraños con los que quién sabe qué o quién se empeñaba en hablarle.

Menos comunes eran los otros déjà vu, los que no tenían nada que ver con su experiencia de los sueños, los que unían, a través de semanas o decenios, episodios igualmente reales y absolutamente idénticos.

Pero no recordaba haber sentido nunca esto que estaba sintiendo. "Te comería sin sosiego, hasta beber las aguas de tu dicha". Era como si en ese mismo instante, pasando la mirada por diezmilésima vez a través de esos trozos arrugados de papel, esa marea rizada, esa premura de tinta, estuviera viviendo —al fin por primera vez— algo que en un tiempo inevocable le había producido una vertiginosa y sin pasado sensación de déjà vu.

* * *

Al comienzo no pensó que las dos cosas tuvieran relación. Sus pesquisas y el hallazgo en el bolso abandonado eran curiosidades aisladas en medio de una vida obligada a magnificar minucias.

Dos semanas atrás había conseguido que Bob, su car tero, le abriera el camino para llegar a trabajar en la oficina de correos. Bob respondió con amable indiferencia a los primeros saludos. Luego debió parecerle curioso encontrarlo cada día en la puerta del edificio, tras casi cinco años de ser solo un nombre curioso en los sobres. Las primeras veces, Bob le dio la espalda de elefante tierno y se dedicó a ubicar los sobres en las casillas. Pero con el tiempo y la confianza optó por entregarle su correspondencia en la mano y responder a las preguntas infaltables, a las ineludibles cortesías.

Cada encuentro era un rápido sondeo en el mundo interior de Bob, en busca de la pasión capaz de moverlo. Pronto fue claro que no observaba el material con el que trabajaba, que su tarea la cumplía un mecanismo inconsciente y bien lubricado. Fue claro también que ese hombre altísimo de movimientos cautelosos había clausurado muy pronto y para siempre las ilusorias ilusiones de encontrar el amor.

Pero la palabra perro cambió las cosas. Los músculos del rostro dejaron la parsimonia para dibujar un miedo cargado de matices.

Bob no respondió nada, pero lo dijo todo.

Al día siguiente volvió a encontrarlo. Era un día solea do y, mientras se acercaba al edificio, se preguntó cómo se ría la vida si en lugar de llamarse Bob se llamara como ese hombre que últimamente había decidido recibir el correo personalmente. El hombre tenía en el rostro una sonrisa exagerada. Esperó a que Bob lo saludara. Respondió que estaba muy bien sin dejar la sonrisa y casi sin abrir la boca. Bob le entregó el correo y se volvió hacia las casillas. Se preguntó por qué el silencio, también trató de recordar si alguna norma de urbanidad lo obligaba a romperlo. Cuan do terminó su tarea, se volvió para despedirse y vio que el hombre alargaba la mano hacia él con un papel doblado.

"No es un billete", pensó Bob. Consideró y descartó en un momento la hipótesis de que ese hombre se sentía culpable por no haberle dado nunca una propina, ni siquiera en los diciembres.

"No es una carta". El papel doblado era más pequeño que los sobres más pequeños que había entregado, no tenía estampilla, no tenía remitente ni destinatario.

—Hágame el favor, amigo.

Bob perdió la cuenta de los dobleces que desdobló y al final tuvo frente a los ojos una hoja blanca y maltratada con un pequeño texto, como una estrofa de tres versos, en el centro.

I am a mailman, you are a stray
You must do what I will say
And I command you to stay away.

Leyó, releyó, volvió a releer y volvió a leer como si leyera por primera vez y, aunque no entendía muy bien el sentido de todo aquello, de esas palabras extrañas, de esas cadencias hipnóticas, supo mientras leía que aquello en el papel tenía muchísimo que ver con su propia vida.

—Tienes que leerlo muchas veces —Bob alzó la mirada hacia el hombre, inexpresivo, expectante—. Cuando lo hayas aprendido de memoria, tienes que repetirlo en tu pensamiento. Ninguno, por muy fiero que sea, podrá contra la fuerza del conjuro.

Cuatro días más tarde, el hombre que esperaba a Bob junto a la puerta del edificio empezó a trabajar en la oficina central de correos. Tuvo acceso a todas las cartas que entraban y salían de la ciudad. Debió controlar su curiosidad y su imaginación para no dejarse arrastrar por todas las historias que pasaban frente a él en sobres de distintos colores y tamaños.

Al principio ejerció su tarea con una atención confiada, pensando que en cualquier momento saltaría hacia sus ojos la grafía que estaba buscando. La había estudiado tan bien, tenía tan claramente identificadas sus peculiaridades, que pensaba que era solo cuestión de tiempo.

El primer lunes, después de empezar a trabajar en la oficina de correos, llamó por teléfono a la mujer y le dijo que no iría a dar su informe acostumbrado porque el final de la tarea era inminente. Insistió en que volvería a visitarla —más pronto de lo que ella pudiera imaginar— cuando tuviera resultados. Pero al lunes siguiente el ánimo empezaba a decaer.

Accedió a visitar a la mujer después de terminar el reparto de ese día. Le explicó con voz distraída las razones que lo llevaban a creer que la letra que buscaba tendría que pasar por ahí tarde o temprano —y las estadísticas prometían que sería temprano— frente a sus ojos.

—No me gusta tener que preocuparme por quienes trabajan para mí —habían dicho las manos luminosas en aquella sala oscura—. No quiero que sus trabajos lo lleven a la locura, señor Hércules.

Tuvo que reconocer, con un suspiro, que de verdad se estaba tomando las cosas demasiado en serio.

—Dígame una cosa, y sea sincero cuando me la diga:

¿Lo he apurado para que exhiba resultados?

—No.

—¿He impuesto un límite de gastos o de tiempo?

—No, señora.

Sentía que la voz lo acariciaba, que el contacto era suave como debía ser el contacto de esas manos.

—Sé lo difícil que es.

—Sí, señora. Es difícil.

—Es como el cuento de la aguja en el pajar, pero mucho más complicado. Es como buscar una paja en un pajar, y ni siquiera sabemos qué aspecto tiene la paja que buscamos.

Las manos volvieron a perderse en la oscuridad.

—¡Berto! —gritó.

Desde el fondo de la oscuridad llegó un susurro ronco y lento:

—Señora.

—Nuestro abnegado amigo necesita dinero para comprarse una vida.

—Sí, señora —la procedencia del susurro era imprecisable.

—Dígame una cosa, y espero que no se ofenda: ¿hace cuánto no retoza con una mujer amable?

Se echó hacia atrás en la silla considerando reacciones. Se sentía demasiado abrumado y cansado para poder indignarse.

—Me alegra que descarte la actitud de inocencia ultrajada. Usted es un libro abierto. No se necesita mucha luz para entender la intensidad de su mirada.

—Aquí tiene, señora.

Las manos cubiertas de vello entraron en la luz con una caja metálica. Las manos de la mujer salieron a recibirla, terminaron de ponerla en la mesa, la abrieron, extrajeron unos billetes.

—Tráeme un sobre para esto. Nuestro amigo no merece un trato vulgar.

—Sí, señora.

Las manos dejaron los billetes en la mesa, al lado de la cajita de metal. Los dedos se movían impacientes, asqueados.

—Cuando uno piensa en las manos que pueden haber tocado esos billetes, es imposible evitar la repugnancia. Tráeme los pañitos de alcohol.

—Sí, señora.

—Y la tarjeta de Mitsuko.

—Sí, señora.

Le hubiera gustado ver los movimientos de las manos con los pañitos, ver brillar la humedad, ver el ir y venir entre falanges y pliegues, pero debió resignarse al olor del alcohol.

—Permítame decirle que su trabajo me tiene muy satisfecha. Lo único que espero es que no se me enloquezca.

La mujer le había entregado el sobre con dinero y una tarjeta con un nombre y un teléfono.

—Mitsuko estará gustosa de hacerlo feliz una de estas noches. Cuando decida ir, solo tiene que avisarle antes del mediodía y llegar puntual a las siete y media. Todo está arreglado. No lleve dinero. No insulte a ese ángel.

* * *

Incluso con la pugna que el placer desencadena, todo pue de seguir, el goce puede andar sin detenerse, puede moverse en pos de virtuosismos y de cimas más altas, si evita utilizar la familia de palabras que todo lo interrumpe, que todo lo congela.

Ahora no podría, por mucho que quisiera, negarse a admitir esa pasión que vio nacer y prosperar en pocos días. Ha tenido el tiempo y la claridad para llegar al momento de los balances (como el desandar de episodios que es común en los amantes cuando reconocen que se aman), para nombrar una fruición recién hallada.

La conciencia ha agudizado la mirada y ha podido ver con claridad la trayectoria: las primeras impremeditadas ocasiones, la reincidencia, el deleite. Le ha sido posible discernir, incluso en sus pasados más remotos, momentos premonitorios: el diario que tendría que buscar, la carta nunca enviada. Conoce incluso los peores enemigos del placer: escribir la palabra escribir puede ser espantoso.

Pero siempre termina por volver a la amnesia gozosa del presente, al estar aquí o allá, dentro o fuera, entregada a entregar filamentos de noche, viéndolos perder brillo, endurecerse, quedar detenidos con esa tan precaria eternidad cuadriculada o completamente blanca, de arroz o mantequilla, cartón, billete o pared.

Ocupada en buscar el lugar ineludible, la altura a la que todos los ojos se dirigen, puede sentir el remoto trajín de su memoria para reconstruir todo el periplo, el crecimiento, el lento desbordarse: primero fue una servilleta, quizá ese mismo día, al regresar del baño.

Ni puede ni intenta recordar si fue ese día, si fue el mesero o alguien de otra mesa, si era de noche o la tarde de verano se obstinaba. Pero sí puede ver, como si aquí mismo y ahora, la textura rugosa y de brillos moderados, el derramarse profuso de la tinta en cada trazo, la frase que inauguró esa larga fuga poblada de huellas, como si lo que de verdad la motivara fuera la ilusión de ser hallada.

Aquel día, sin embargo, tuvo el cuidado de romper la servilleta, de borrar para siempre del mundo sus primeras palabras conscientes del peligro.

Cuando cree haber hallado la pared y la altura: la izquierda y un poco más arriba del dispensador de papel (todas, las cabizbajas y las cabizaltas pasarán su mirada por ahí), piensa que a estas alturas ya él puede haber hallado quién le ayude, le gustaría que ese alguien fuera una mujer, la imagina llegando hasta ese baño, mirando por hábito o aburrición lo escrito en la pared, deteniéndose un momento en la a de cola larga y elevada que se repite obsesiva en la frase, en las erres como haches: "Tu torpeza ya empieza a impacientarme. Si supiera algo de ti, yo misma iría a buscarte".

* * *

Ocurrió en el colegio de las monjas de la Santísima Santi dad. No fue difícil persuadir a la madre superiora sobre los beneficios de la encuesta vocacional. Costó poco elaborar un discurso en el que se ponderaba el papel cada vez más protagónico de la mujer en nuestra cambiante sociedad, la importancia para las instituciones universitarias de conocer las inclinaciones y expectativas de las futuras estudiantes, el tremendo aporte que significaría adelantarnos al futuro explorando la imagen del futuro que tenían las futuras bachilleres de uno de los colegios más tradicionales de la ciudad.

La madre llamó a las monjas expertas en mover mecanismos, fue fácil encontrar una hora que no significara pérdidas o retrasos en los programas académicos, y ahí estaban todas, reunidas en el paraninfo, ocupando las cuatrocientas cincuenta sillas y escribiendo, respondiendo a las preguntas cuidadosamente elaboradas por un sofistica do equipo de expertos de Frankfurt.

Hablaba con la madre superiora en la tarima de los actos, trataba de reforzar un convencimiento que no necesitaba ser reforzado. Pronto la monja se sintió cansada de sus ponderaciones y se disculpó para atender algunos asuntos urgentes en la rectoría, se alejó dándole infinitas gracias y recomendándole que pasara por su oficina antes de marcharse. Cuando se quedó solo en la tarima sintió, supo, comprendió la magnitud de ese placer. Solo quien ha estado en un salón con cuatrocientas cincuenta mujeres que escriben sabe lo que es el placer enorme de estar en un salón con cuatrocientas cincuenta mujeres que escriben.

Al comienzo permaneció en la tarima, miraba las cabezas agachadas, las variedades del cabello, una que otra mirada que se levantaba para observar al especialista en estudios vocacionales. Cuando eso sucedía, establecía un breve contacto visual, impersonal, que no lo delatara, y se guía mirando cabezas inclinadas, como si todo le interesara solamente en el plano estrictamente profesional, como si nada en realidad le interesara. Pero algo le interesaba, algo que sus sentidos no lograban alcanzar: el movimiento de las manos, la fuerza aferrándose a lápices, lapiceros, bolígrafos, marcadores y unas cuantas plumas fuente. El encuentro adorable de las manos y los instrumentos de escritura, las respiraciones agitándose ante preguntas ambiguas que tanto podían estar dirigidas a lo profesional como a los más íntimos deseos, a los más secretos, a los más difíciles de ocultar.

Esa noche, en casa, rodeado por las hojas de respuestas, después de comprobar que ninguna de esas cuatrocientas cincuenta muestras correspondía a la que buscaba, le fue imposible mantener a raya el apremio del deseo, la pugnacidad del cuerpo. Arrojó todas las muestras en la alfombra, se desnudó por completo y empezó a nadar entre verbos cargados de vida: servir, ayudar, permitir, ofrecer, entregar, comunicar, posibilitar, alcanzar, brindar, dar.

Y en medio del delirio era una pluma inmensa, asida por cientos de manos deseosas de escribir con ella, era un texto sublime y misterioso cuyos trazos se perdieron en el aire.

* * *

Ella siente crecer la ansiedad y permite que crezca y la alienta a crecer. A solas en su cama inventa los rituales. Al llegar de la calle se ha tomado su tiempo, ha dejado aquietarse las prisas, ha soltado atenciones y amarras, inquietudes y trajes. Se ha dado un baño largo. Antes de hundirse un rato en la tibieza y el perfume, se ha obligado a notar en el espejo la suciedad que trae de la calle, la tensión, el cansancio. Ha fijado detalles de esa ruina ligera para comparar luego. En el agua ha jugado a recorrer su cuerpo. Ha sido al mismo tiempo el amante y la amada, la textura y la mano: la caricia completa. Ha querido guardar los place res más hondos para un poco más tarde. Ha sentido que flota, que vuela sin esfuerzo, que se aleja hacia un mundo de colores salados. Ha hundido varias veces su rostro en la tibieza, ha sentido la frescura mentolada abriéndole los poros, para asomarlos luego, inmensos, entregados, al aire de la noche. Ha podido recordar que todo aquel perder se entre las olas es tan solo el preámbulo. Le ha mostrado al espejo el rostro recobrado. Ha elegido dejar la hume dad en su cuerpo. La bata de seda se ha pegado a su piel. Ha ido a la cocina para prepararse un té. Se ha perdido un momento en la selva y el templo de aquella isla exótica. Ha llegado a su cuarto. Ha buscado el paquete de hojas artesanales, rugosas, vegetales. Ha tomado su pluma. Ha sentido el contacto. Ha dejado en la cama las hojas, la pluma. Se ha ido a la ventana. Ha fumado sin prisa, despilfarrando el humo. Ha mirado la noche. Ha empezado a sentir que regresa a sí misma. Ha vuelto a preguntarse dónde estará su muerte, que hará en aquel momento el hombre que la busca.

Más tarde ha regresado. Se ha acercado sin prisa a la cama. Se ha quitado la bata. Ha abierto el paquete y crea do una hojarasca. Se ha hundido en esa mezcla de aroma y aspereza. Ha cubierto su rostro con una de las hojas. Ha tanteado buscando la pluma de sus vuelos. Ha asomado a la noche la punta dorada. Ha empezado a arrastrarla por los hombros y el pecho. Ha sentido el ardor, la humedad, la dureza. Ha sido palabra.

* * *

—¿A qué crees que se debe el milagro?

Raquel estaba en la cocina. El saludo había sido efusivo: "Al fin te conozco. Tu amigo habla de ti todo el tiempo. Nos da un gusto inmenso que vengas a visitarnos."

—Es un ángel. Nunca he sido tan feliz como ahora. Nunca me he sentido tan amado.

—Sí, claro. Se te nota.

"Tengo algo en el horno que espero que te guste", había dicho Raquel. "Los dejo para que hablen. Le digo todo el tiempo que salga, que no olvide a sus amigos. Pero no me hace caso".

—Me dice que me adora, que no se imagina la vida sin mí, que conmigo ha sido mujer por primera vez.

—Me alegra que encontraran el kamasutra que llevas dentro.

Si su amigo no estuviera tan feliz, habría querido hablarle de sus cosas: contarle la historia de la señora Amada –de Amada–, hablarle de su hallazgo –lo excita el contacto con esa feminidad abandonada–, pedirle que le ayudara a entender el sentido de ese trabajo absurdo e impreciso que podía prolongarse por toda la vida.

—Ahora está empeñada en que tengamos hijos. Me dice que no es justo que mis dones y rasgos se vayan conmigo a la tumba.

Raquel regresó de la cocina, sonrió:

—¿Está todo bien? Mi vida, el trago de tu amigo se está terminando. Debes perdonarlo. Es tan distraído. Pero lo adoro, es mi vida, es mi todo.

—Sí, amor. Ya le lleno el vaso. ¿Sabías que este hombre trabajó seis meses repartiendo diarios después de haber sido editor en uno de ellos?

—Ya me lo contaste. ¿Te gustó el trabajo?

—No lo soportaba.

—También daba clases de español.

—¿Y ahora qué haces?

—Ahora trabajo…

—Espera, disculpa, voy a la cocina.

—Qué sería de mí sin ella. Toma, pero no te emborraches. Cuando agarras impulso no hay nadie que te pare.

—¿Recuerdas el bolso del que te hablé?

—¿Cuál bolso?

—El que encontré en un taxi.

—Nunca me hablaste de él. Ven acá. No quiero que nos oiga. No sé si hago mal contándote estas cosas.

—¿Sabes lo que encontré? Un cuaderno….

—Cuando estamos haciendo el amor, me pide que la mire, que le jure que no voy a dejarla.

Sorbió medio vaso, lo mantuvo un momento en la boca y luego lo dejó ir por la garganta. Arrojó el resto de licor contra el fondo de la boca, lo tragó sin saborearlo. Se levantó para llenar el vaso de nuevo. Lo bebió. Volvió a llenarlo, se sentó.

—Salud —levantó el vaso en dirección a su amigo—. Por tu felicidad.

* * *

Cuando el avión alzó el vuelo, ella pegó la frente a la ventana, miró la ciudad y se dedicó a imaginar sus palabras dispersas por todos lados, moviéndose, buscando a su destinatario. Se preguntó si al mirar desde ahí estaría abarcando sin saberlo el lugar donde él estaba.

Siguió mirando por un rato el paisaje sin detalles hasta que decidió ocupar el tiempo de otro modo. Tomó su bolso nuevo –volvió a pensar que el olvido no había sido involuntario–, extrajo el cuaderno nuevo y la pluma –solo eso explicaba que hubiera decidido guardarla en el bolsillo de su chaqueta–, bajó la mesita, abrió el siguiente par de hojas en blanco y pensó por un momento, con la mano apoyada y la punta en el aire.

Pensó que no quería pensar. Decidió que seguiría aplazando la tentación de inventar aquella vida que empezaba a obsesionarla. Sentía que al empezar habría también renunciado a la esperanza de encontrarlo.

Suspiró y escribió la palabra murciélago. Dejó luego salir las primeras palabras, las obvias: murió, muro, mula, cielo, lago, gorila. Cuando llevaba tres columnas, cuando el esfuerzo era notable y parecía que no podría seguir adelante, oyó la voz del hombre y se movió sobresaltada.

—Maricel.

Solo entonces se hizo consciente de que alguien viajaba a su lado. Levantó el rostro. Recordó. La sonrisa del hombre le dio tranquilidad.

—¿Es un nombre?

Lo había visto varias veces durante la espera en el aeropuerto.

—No creo. Es una palabra triste. Rara vez he podido pronunciarla.

Primero había visto a lo lejos sus cabellos ruidosa mente blancos, el desgreño armonioso y la lentitud del paso. Pensó que le parecía tierno, pero solo se hizo consciente de que había pensado eso cuando volvió a verlo, esta vez más cerca, dos o tres puestos detrás de ella en la fila para abordar, mirándola con unos ojos que parecían acariciarla.

Calculó que tendría unos ochenta y agradeció la coyuntura que lo puso a su lado. Lamentó, sin que fuera necesario, las pocas probabilidades que existían de que personas como ellos se sentaran a hablar. Le regaló una sonrisa y escribió. Mientras escribía pensó que no debía dejar apagar la charla.

—Es increíble lo simple que es el equivalente en inglés de la palabra murciélago.

Sintió la mirada recorriéndole los labios, viajando sin prisa a encontrarse con sus ojos. La sorprendió no sentir se agredida, ofendida. Le imaginó el pasado. Pudo ver más allá de su decrepitud. Sintió que, al mirarla, aquel hombre también le mostraba, sin orgullo ni culpa, la suma de heroísmo y canalladas que finalmente fue su vida. Aquello que veía la atraía. Algo había cambiado en ella para siempre desde el último verano.

—Si alguien me preguntara por qué prefiero el español, ese par de palabras serían mi argumento.

Él movió levemente los labios, parecía sonreír. Tenía la cabeza apoyada en el respaldo, vuelta hacia ella, y la miraba como desde otra vida.

—También puedes escribir frases.

Ella arrugó la frente. Miró las palabras que había escrito y, antes de que pudiera pensar en algo, él le dijo:

—Mi culo alegro. Muriel cagó.

Los dos se rieron. Ella sintió que el rubor se apoderaba de su rostro, pero no le disgustó lo que sintió. Lanzó una mirada a la ventana, tomó aire. Sonreía cuando se volvió hacia él. Lo miró retadora.

—La primera no se puede.

Él soltó una sonrisa nasal. Miró hacia el pasillo. Volvió a sus ojos, la miró un rato:

—Tienes razón.

Sintió que aquel hombre podía ver cosas de ella que ella jamás conocería. Pensó que su mirada la envolvía, que era tibia, tranquila y fluida. Se preguntó cuánto tiempo haría que no recibía un beso, qué tanta falta le haría.

—¿Tienes algo con lo que puedas escribir? —le preguntó—. Quiero proponerte un juego.

Él se palpó instintivamente los bolsillos de la chaqueta, pero al momento reaccionó:

—Hace mucho dejé eso.

—No importa —dijo ella.

Arrancó una hoja de su cuaderno y la partió en dos tiras largas. Le entregó una. Luego le ofreció su pluma. Él la miró y le dijo:

—Es muy bella.

A ella le brillaron los ojos.

—La adoro.

—Hace mucho tuve una como ésa.

—¿No es cierto que se siente deliciosa? Es más suave que la piel.

Él volvió a buscar sus ojos y ella volvió a ruborizarse, llevó la pluma contra su pecho, volvió a mirar por la ventana.

El hombre llamó a la azafata y le pidió un bolígrafo. Pensó que tendría que esperar un poco, volver a atraerla a la charla, pero cuando la azafata regresó ella se apresuró a decirle:

—Escribe lo que piensas en este mismo instante.

Él ajustó la mesita de las comidas y escribió. Ella también lo hizo.

—Listo —dijo él.

—Ahora separa las palabras. Ella también lo hizo.

—Ahora necesitamos una bolsa —se inclinó a buscar, pero no encontró lo que quería, luego miró hacia todos lados. El hombre echó hacia adelante el bolsillo de su chaqueta, extrajo unas gafas que puso en otro lado y echó ahí los papelitos doblados.

Ella también lo hizo.

—¿Cuántas palabras? —dijo ella.

—Las que quieras —dijo él.

Ella metió la mano en el bolsillo, con la piel que está debajo las uñas sintió el corazón remoto, miró hacia el techo del avión para demostrar que no hacía trampa, tomó tres y empezó a desplegarlas.

—"darte", "que" y "beso" —sonrió, volvió a meterlas en el bolsillo—. Revuelve un poco al menos.

—Déjame intentarlo —dijo él. Tomó tres papelitos del bolsillo y los desplegó lentamente en la mesita. Ella estaba impaciente.

—"Comería", "exista", "jamás" —dijo él divertido. Ella cruzó los brazos disgustada:

—Juguemos otra cosa.

Se hundió en la silla y guardó silencio. Él se dedicó a sacar los papelitos, a desdoblarlos, a hacer un montoncito. Cuando terminó, le tomó la mano con delicadeza, le puso la palma hacia arriba, dejó ahí los papelitos y le dobló los dedos para cubrirlos. Ella siguió inmóvil. Él se dedicó a mirar la pluma en la mesita. Supo que tendría que hacer algo.

—Conozco uno mejor.

Ella se volvió a mirarlo desde abajo.

—Vamos a jugar a los regalos inolvidables. Pásame una hoja, por favor.

Ella volvió a incorporarse. Arrancó la hoja. Se la entregó con un gesto de confiada desconfianza.

—Vamos a ver con qué sale el ex literato.

El hombre sonrió con la mirada en el papel.

—Déjame pensar.

—Más te vale. Olvido con facilidad.

Lo vio escribir con rapidez un par de frases y doblar el papel. Ella lo recibió, lo mantuvo doblado en su regazo, hasta que supo que por más que lo intentara no podría impacientarlo.

Abrió el papel, abrió los ojos de manera exagerada, dibujó con su rostro la caricatura de un gesto sorprendido.

—No es justo —dijo—. A mí me queda más vida para recordar.

—Nadie es tan viejo que no pueda vivir un año, ni tan joven que no pueda morir mañana.

Ella se levantó con un enfado que no ocultaba su falsedad, le pidió permiso para salir. Él se levantó, salió al pasillo, dio un paso atrás.

Cuando estaba de pie frente a él, le habló como si viajaran juntos:

—¿Quieres que te traiga algo de beber? Él mostró una alegría pueril y le dijo:

—Sí, gracias, mi cielo.

Se sentó mientras ella estaba ausente. No pensó. Su cabeza estaba llena de nada. Miró el cuaderno en la mesita y se dejó invadir por el placer de no tener curiosidad.

Empezaba a dormirse cuando ella regresó. Su rostro era distinto, luminoso. Una bruma de sudor le cubría la piel. Él se levantó de prisa y la dejó entrar. Cuando volvieron a sentarse, él apoyó la cabeza en el respaldo, se volvió hacia ella y esperó. Ella miraba al frente, conmovida, agitada. Cuando se volvió a mirarlo sintieron que caían y era dulce la caída. Él vio en ella la suma de todas las miradas y los ojos se le humedecieron agradecidos.

—Tengo un regalo para ti —dijo al fin ella con una voz lejana que no se conocía.

Tomó la mano arrugada, le volvió la palma hacia arriba, puso la pluma en ella y dejó su mano encima. Sintieron el silencio y el rocío, el palpitar en las yemas de los dedos. Tardó en retirar la mano.

—La pluma es tuya, mi cielo —dijo él, cuando volvieron a mirarse—. Yo no la necesito.

Ella sintió el peso de ese recuerdo.

Él esparció la humedad por las yemas de los dedos y le devolvió la pluma.

—¿Jamás? —preguntó ella.

—Siempre —dijo él, acercando la mano, inhalando despacio, con delectación, sin dejar de mirarla.

No dijeron nada más en el resto del vuelo. Tan solo se miraron. Cuando llegaron a Dallas, descendieron juntos, hablaron por fin de itinerarios y él se ofreció a acompañar la hasta que saliera el vuelo de San Diego.

Buscaron un bar cerca de la puerta de embarque, se instalaron en una mesita perdida en una esquina y no pararon de reír hasta el último llamado. Ella lo abrazó con fuerza y le dio un beso largo en la mejilla. Él le besó las manos y, antes de apurarla para que se marchara, volvió a hacerla reír.

Lograron convencerse de que estaban llorando de la risa.

* * *

—Adelante, bonito.

Mitsuko se movió hacia la pared, dibujó una sonrisa de bienvenida y extendió una mano invitadora hacia el interior.

Tres días antes había asomado un rostro importunado en la puerta entreabierta, se había negado a reconocerlo, a entrar en conversación. Le rogó que no insistiera y que se marchara.

Él había permanecido largo rato frente a la puerta cerrada, tratando de hallar alguna prueba de que era cierta, que había existido la noche en que conoció a Mitsuko y los placeres más finos.

Había bajado los cinco pisos y había empezado a deambular por esa populosa noche de viernes, hasta que se le ocurrió llamar por teléfono.

—¿Señora Amada?

—Solo Amada, Hildebrando. No lo olvides.

Imaginó la mano agarrando el auricular, la boca fina y sonriente.

—Llamaba para decirle que falta poco.

—Sin duda. Estoy segura de que antes faltaba más. ¿De qué hablas, querido mío?

—De la mujer, la que escribió la carta, por supuesto. Ya tengo identificadas tres sospechosas. Si fuera posible hablar con su esposo.

—Olvídalo.

—No haré preguntas directas. Usted podría presentarnos, solo hablaríamos generalidades. Prometo no mencionar nada que lo haga desconfiar.

—¿Qué tan sospechosas son las sospechosas?

—No quisiera entrar en…

—Lo supuse. Sigues creyendo necesario mantenerme engañada. Te advierto una cosa: si sigues poniendo a prueba tu buena suerte vas a terminar por agotarla. ¿Algo más, Emeterio?

—No… sí.

—Desembucha, criatura.

—Fui a visitar a su amiga, Mitsuko, fue…

—Maravilloso, exuberante, celestial, magnífico, apoteósico, fuera de este mundo… y ahora sientes que tienes que volver a verla.

—Sí, más o menos.

—¿Has tratado de volver a verla?

—Sí, pero…

—¿La llamaste antes del mediodía?

—No, pero…

—Lo siento, de veras. Todo indica que no será esta noche. La próxima vez, procura respetar el protocolo. Adiós, querido.

Creyó escuchar un click al otro lado. Mantuvo el teléfono en la oreja. Supo que si colgaba el auricular se sentiría solo y perdido. Suspiró. Pensó que si fingía estar hablando con alguien podría decir, arrojarle a la noche, lo que al parecer nadie quería escuchar.

—Hace unos días encontré un cuaderno en un bolso abandonado. Leerlo es como estar dentro de la mujer que escribió en él, de una manera imposible de otro modo. No conozco su rostro, pero sé lo que siente. Traté de contactarla, pero me dijeron que se ha ido. Ahora solo pienso en mujeres que escriben.

Imaginó la voz al otro lado, irónica, pensando en otro nombre para burlarse de él. Se preguntó qué pensaría si de verdad lo escuchara.

—Ahora busco más de lo que puede ser hallado. Por momentos se juntan y son otra persona que no es ninguna de ellas. La he buscado en los lugares más insólitos —dijo como si susurrara palabras de amor—, siempre creyendo que es posible encontrarla. Me he negado a pensar que el mundo es demasiado grande para buscar a alguien: porque ni siquiera un rostro, ni siquiera un tono de voz, una forma del cuerpo o del caminar.

Escuchó el silencio oscuro y uniforme. Imaginó una respiración al otro lado de la línea, una atención cariñosa o compasiva:

—La gente va por la calle y no revela sus trazos, son algo tan oculto como el sexo. Uno puede estar muy cerca de la persona que busca y no tener indicios.

Palabras como nada, silencio, abandono, soledad, ha cían fila para rodearlo apenas dejara el teléfono. Un frío intenso empezaba a suplantar la frescura de la noche.

—No es solo por el dinero, que sirve, claro, que ayuda a sobrellevar los días asignados.

Si él fuera uno de aquellos que pasaban por su lado, no prestaría mucha atención al hombre que hablaba por teléfono. No llegaría a imaginar el vacío al otro lado.

—Tal vez solo sea la imaginación. Tantas veces en la vida he creído que algo me seducía cuando lo que estaba en juego eran mis ganas de ser seducido —también mi soledad, mi aburrimiento— y no era difícil agregar les atractivos a las cosas o personas. Pero en el momento de sentirse atraído uno no puede saber con facilidad qué mecanismos se encuentran en juego. Uno solo siente el impulso hacia lo que busca y esa fascinación se vuelve el motor de la existencia.

Sonrío. Suspiró. Se juzgó rimbombante: "el motor de la existencia".

—A lo mejor todo es simple energía y motores que transforman en combustible los materiales que encuentran a su paso. Pero solo puedo pensar en esas letras. Sueño con ellas. Lo más curioso es que en los sueños siempre las veo en el momento mismo de surgir: me parece ver la mano que las dibuja, las uñas saludables, la suavidad de los pliegues; creo ver las líneas del destino en la penumbra. Pero lo que más me gusta es la calidad del movimiento, la fluidez y la ternura de esa danza que se va plasmando en cada trazo. No hay que conocer aquella mano, aquella mujer, para saber en sus trazos que son manos hechas para los más refinados movimientos del amor, los más sutiles, aquellos capaces de conducir a cualquier hombre a la desesperación o la locura, al placer insoportable, a la dicha asesina o suicida, si algún día se llegan a perder y se siente que esa pérdida será definitiva.

—Hoy tengo una sorpresa para ti —dijo Mitsuko después de quitarle la chaqueta y ayudarlo a ponerse cómodo entre los cojines.

185

Fue a la cocina y regresó para entregarle una bebida caliente y dulce, de sabor imprecisable. Le dijo que la esperara mientras buscaba algunas cosas en su cuarto.

La mesita baja del centro estaba llena de vasos de porcelana de distintos colores y tamaños. Cada una contenía un líquido distinto. Sobre las superficies de colores brillaban los reflejos delicados de las lámparas de fuego. Al aire lo invadía un aroma de sándalo y él se dejó arrastrar hacia una deliciosa pesadez.

Trató de recordar las manos de Amada danzando en el aire.

—Mi querido Esmaragdo, no puedo dejar de sentirme culpable cuando lo veo tan desmejorado.

Esas manos que hablan. La sala estaba oscura y la lámpara seguía iluminando la misma porción de mesa y suelo y borde de sofá.

—Quisiera decirle que es cierto lo que ha imaginado. Pero el problema es que usted imagina demasiado.

Imaginó una momia o una cama vacía.

—¡Berto!

Mitsuko regresó y se sentó en la alfombra.

—Tráeme la libreta de cheques. Vamos a hacerle llevadera la vida a Hamlet O'Hara.

Recordó que todavía tenía el cheque en el bolsillo de la camisa:

—Espero que así se sienta liberado de tener que mentir cada semana. Venga o llame solo cuando haya encontrado algo.

Sonrió, le dijo que lo estuvo esperando con impaciencia. Volvió a decirle que le tenía una sorpresa.

—Si en seis meses no ha sucedido nada, venga por otro igual.

Pudo comprobar que no recordaba mal, que en efecto los ojos y la piel de Mitsuko eran del mismo color.

Entonces lo vio, justo al frente suyo, ardiendo de vida, bucólico y fiero, diciéndolo todo: el bosque y el río de aguas nacaradas, la creación sonriendo enamorada.

Se había negado a leer la cantidad hasta salir a la calle y estar lejos de la casa, cuando estuvo seguro de que no podía ser visto.

—La vida es más sencilla de lo que parece —se dijo deslizando la mirada por la caligrafía.

Más tarde supo que no había hablado solo aquella noche en el teléfono y, de la mano de Mitsuko, conoció nuevos parajes demenciales.

VIII
Magnífico Delgado

"Me falta un libro", pensó Delgado aquella noche, cuando se quedó solo, cuando volvió a sentir, en algún sitio entre el estómago y el alma, ese vacío que lo devoraba todo. Pronto se asomaría a la superficie, lo desintegraría como si nada. Tenía que apurarse a escribir su adiós definitivo.

Había sobrevivido y estaba casi a punto de cumplir con su tarea. Había renunciado a la vida para dar su testimonio. En ese momento cayó en cuenta de que nunca les había mencionado a las muchachas los versos de Herbert que lo constituían.

Ya había escrito la historia del hombre que buscaba a su padre. Le había dedicado ese libro a su hijo cuando aún era muy niño. Lo veía crecer, cada uno o dos fines de semana, volvía a abandonarlo a su destino y entre uno y otro encuentro se preguntaba si algún día ese ahora adolescente se tomaría el tiempo de sentirse aludido por esa carta de ciento veinte páginas, decorosamente editada, comentada por un par de colegas amigos, olvidada pero útil en su currículo.

Ya había escrito la historia del hombre que se buscaba a sí mismo. Le había reportado un premio literario. La gloria efímera había permitido que una editorial se interesara en sus cuentos más bizarros, aquellos que había escrito al salir de las tinieblas. Con eso y su carrera académica había construido poco a poco su perfil de artista respetado y poco leído.

Tenía listo el tríptico, aunque jamás se publicara. *El origen del mundo* estaba casi listo, era cuestión de horas; pero tampoco era un libro libre de él. Con el tiempo había aprendido a no pretender explicar el misterio. Había pasa do las dos últimas semanas en un encierro monacal. Después de terminar el curso de por las mañanas, le quedaron dos semanas más de las clases de escritura. Solo salió de su encierro para ir a dar esas clases, los lunes y los miércoles por la tarde. El resto del tiempo lo pasaba en el cuarto, sin bañarse, desnudo a veces, dedicado a empujar el manuscrito, letra a letra, hasta su versión final.

Cuando se bañaba y se ponía presentable para ir a dar las clases, él mismo se sorprendía por el contraste, por lo poco que su compostura y su cordura reflejaban de las febrilidades del encierro. Iba, llegaba al salón de clase, hablaba a veces con voz aherrumbrada, con ojos irritados y perdidos, y luego regresaba a seguir puliendo, a seguir borrando, a permitirse solo muy pocas veces la debilidad de agregar algo.

Hasta el último momento estuvo convencido de que terminaría la historia y que podría mostrarla a sus alumnas el último día de clases. Pensaba ir a las oficinas del Departamento antes de la clase y hacer copias para todas. Pero al mediodía de ese miércoles se recostó a tomar una siesta y tuvo un sueño que lo devolvió intranquilo a la realidad.

Estaba con un grupo parecido, pero ninguna de las mujeres del sueño coincidía con las de la clase. Solo era común el ambiente, la disposición, las actividades.

Delgado propuso que se sentaran en círculo y que cada uno escribiera algo con la intención de despertar emociones intensas en la persona a su izquierda. Después de un tiempo inverificable, porque era un sueño después de todo, cada uno leyó lo suyo, pero todos permanecían impertérritos. Nadie se alegraba, nadie se entristecía, nadie se emocionaba o se asustaba. Lo curioso es que todos parecían disfrutar mucho del ejercicio y que poco a poco empezaron a llegar testigos y admiradores.

En un momento, la multitud era tan grande que era difícil saber quiénes eran los miembros del círculo original. Los testigos no leían, solo escuchaban, asentían, aplaudían, mientras los otros leían sin conseguir emocionar a su vecino, ahora irremediablemente alejado por la multitud intrusa. Delgado recordó que a lo lejos una chica empezó a cantar unos versos bastante faltos de gracia, con cómputos silábicos caóticos, con rimas poco arrimadas. Tal vez la pobreza de la forma fue lo que le impidió al principio en tender que aquellos versos se referían a él, que formaban una lista de sus hipocresías.

Delgado escuchó lo que ya sabía, el recuento de sus vilezas, de sus precariedades vestidas de fortalezas, pero cuando los versos empezaron a revelar las traiciones que le había hecho a lo que más amaba, la cobardía y el desgano con que había asumido la escritura, perdió el control y la cabeza y empezó a proferir alaridos que espantaron a toda la concurrencia.

Cuando se despertó en el cuarto supo —del mismo modo como años atrás un eclipse le había revelado el final de su primera novela— que aún le faltaba algo a la historia que estaba terminando. Solo sería una página más, a lo sumo página y media: el relato del sueño que acabas de leer.

Las últimas clases del curso de escritura habían sido tranquilas. Delgado había empezado a hacer los ejercicios al mismo tiempo que ellas. Antes, en otras versiones de ese curso, se había reprimido siempre de escribir en la clase o de leer sus escritos. No quería imponer su escritura como modelo, no quería alentar competencias con los alumnos. Pero llegó a sentir que esta vez sí podía y empezó a hacer cada uno de los ejercicios que proponía. Sabía que también era una forma de escapar a la tentación de mirarlas escribir. Era demasiado intenso recorrer esas manos aferradas, esas respiraciones ávidas, esa concentración de cuerpo entero. Era como mirar nueve soles al mismo tiempo. Escribiendo con ellas, en cambio, podía acercar se a la dicha poco a poco, sentir el roce de los instrumentos de escritura, oler los suspiros, alzar la vista apenas un momento para robarse imágenes, un cuello o unos dedos.

Un día escribieron relatos colectivos y entendieron lo difícil, pero también lo divertido, que resulta renunciar a controlar nuestras historias.

—De todas maneras, es poco lo que podemos entender sobre nuestras propias obras, el control es siempre mínimo.

Otro día les propuso que pensaran en un superpoder.

Les pidió que escribieran, como si hubiera ocurrido de verdad, la historia de las cosas que hicieron, con esos poderes, la noche anterior. Supo que se vigilarían, raras veces había encontrado personas lo suficientemente francas para admitir en un salón de clase lo que harían siendo invisibles o con la capacidad para escuchar lo que los otros pensaban. Pero le parecía suficiente que supieran que podían hacer el ejercicio libremente cuando estuvieran solas, cuan do escribieran solo para ellas.

También él fue moderado al elegir. Su poder era el de ver y tuvo suerte de que fuera ese escrito, y no otros, el que ellas insistieran en oír:

Vi el lado oscuro de la luna. Vi la sombra del viento y el color de las aguas. Vi unas manos buscando la forma de otras manos. Vi un árbol sin sosiego. Una rana en un lago. Vi el lugar de la Tierra donde todo termina. Y la tenue fragancia de una flor olvidada. Vi tus ojos buscando sin saber lo que buscan. Y un río de secretos jamás revelados. La montaña que escalan los que se sienten tristes. Y vi el cofre que guarda todo lo que he perdido: un juguete de infancia, un rostro y unas páginas. Vi lo que soy y he sido. Pude ver lo que seré sin entender lo que veía. Vi la última palabra de inocencia, el primer gesto envilecido. Vi el cuadro donde ríes sin pausa y sin cansancio. Vi la música alegre y el gesto de confianza. Vi una llave que ignora la puerta que abre.

* * *

El último día estuvo lleno de sonrisas, de rostros agradecidos, de brillos en miradas. Magnífico les recordó algunas de las cosas que se habían dicho en esos días. Les insistió en que siguieran escribiendo, que no desfallecieran.

Leyeron las historias o los conjuntos de poemas que cada una había escrito en esas semanas. Magnífico se disculpó por no haber terminado el libro que les había prometido, porque aún le faltaban unas páginas. Ellas lo perdonaron y le dijeron que ya tenía suficiente con los dos cursos que había enseñado, que estaban seguras de que lo terminaría, y predijeron que en poco tiempo podrían con seguirlo en librerías.

Comieron pastel de piña y bebieron vino blanco.

Dos de ellas salieron al pasillo para buscar a alguien que les tomara una foto y, apenas regresaron, todas corrieron a rodearlo. Riñeron cordiales por el privilegio de estar a su lado. Se veían felices. En el fondo de la foto había un paisaje verde oscuro con un témpano de hielo.

Las conversaciones después de la clase se prolongaron más de lo normal. Algunas dijeron adiós y gracias y se marcharon, herméticas o tratando de resumirlo todo con las últimas palabras. Delgado borró el tablero y empacó sus cosas, rodeado por las últimas en marcharse. Pensó que habrían querido tenerlo para ellas solas, abrirle el corazón emocionadas. Pero no quería elegir. Poco a poco se fueron marchando. Delgado acarició con la mirada el rostro de cada una en el momento del adiós. Hubo vagas promesas de seguir en contacto. Al final solo quedaban las dos mayores, prolongando un poco más el duelo, sabiendo que no habría vencedores.

Salieron del salón hasta la noche húmeda. Hablaban entre ellas, caminando a lado y lado de Delgado. Permanecieron un poco más frente al edificio, pero era tarde y al final las dos mujeres se despidieron en coro y se alejaron conversando.

Delgado se quedó inmóvil. Vio salir del edificio otros grupos de personas que decían adiós, los cursos de vera no terminaban para todos. Cada vez se veía menos gente. Cuando cruzaba la calle espantó una mosca y sintió que recordaba algo, pero no pudo saber qué. Al llegar a auto móvil descubrió que todavía tenía puesta la sonrisa y les ordenó a los músculos de la cara que se relajaran. Cuando encendió el motor sus ojos se humedecieron.

Podía recoger su equipaje y emprender esa misma no che el regreso a Syracuse. También podía pasar la noche en el apartamento y viajar al día siguiente.

Si viajaba esa noche, corría el riesgo de quedarse dormido en el camino. Recordó el mirador en las palizadas del Hudson. Pensó en la curiosidad que siempre le había inspirado esa pared imponente de piedra que bordeaba las aguas, mientras la otra orilla permanecía al nivel del río. Cada vez que pasaba por ahí se preguntaba cómo habría sido el estremecimiento de la tierra que había creado orillas tan desiguales. En una de sus novelas había descrito aquel lugar visto desde la orilla más baja. Cuando pasaba por ahí, solía detenerse en el mirador. Una vez llegó a calcular la trayectoria y la velocidad necesarias para que un auto saliera despedido hacia el abismo. Entonces recordó el vacío que lo estaba devorando desde niño y pensó que solo le faltaba un libro: la historia del hombre que viajaba hasta el sitio remoto donde siempre supo que iba a morir. Desde que descubrió su inclinación a la escritura había llevado a cuestas esa historia, pero siempre había tenido miedo de escribirla. Ahora sentía que no podía seguir huyéndole.

Cuando se embarcaba en un libro que lo absorbía, su principal temor era morirse antes de tiempo. Dejar un libro inconcluso le parecía la peor forma del fracaso. El último, el que faltaba, estaba casi listo en su cabeza. Había concebido incluso un plan de trabajo que permitiera que estuviera siempre terminado, por si la muerte llegaba de manera accidental o provocada. Escribiría el principio y el final de aquel periplo en el que todo el universo queda ría contenido y luego dedicaría el tiempo que tuviera para llenar el espacio entre los dos extremos. Muriera cuando muriera, el libro estaría siempre terminado.

Desde los veinte años, su vida había sido un diálogo constante con la muerte. Se preguntaba todo el tiempo por qué a él le había tocado seguir vivo. Un poema de Herbert le dio la respuesta: "Te salvaste, no para vivir. Tienes poco tiempo, has de dar el testimonio". Llegó a ponerse plazos: cuando se graduara en la universidad, cuando escribiera el próximo libro. Pensó después que en realidad no quería o no podía suicidarse, que la idea era solo una excusa para crearse nuevas metas. Después, cuando nacieron sus hijos y estaban pequeños, se convenció a sí mismo de que nunca lo haría. Pero con el tiempo volvió a considerar algunas formas de morir que no dejaran en ellos el mal sabor del desprecio. Desaparecer era impensable. Irse a un lugar remoto, y dejar de manifestarse poco a poco, ya no era una posibilidad viable. Los hijos siempre buscan a sus padres, tal vez para cobrarles por el crimen de haberlos traído al mundo. La única esperanza era el terrible accidente, una realidad inapelable, dolorosa también, pero poco involucrada con la idea del desamor.

Delgado se sintió, como siempre, más solo que nunca. Volvió a pensar que ahora sí, de verdad, le quedaba poco tiempo y decidió que tendría que buscar cuanto antes un sueño o un recuerdo, un rostro que le diera sentido a lo último que haría.

Se vio conduciendo en medio de la noche, construyendo en su cabeza la obra definitiva. Pero se vio también lleno de dudas, preguntándose al borde del abismo si no sería mejor dejar que el vacío le trajera de una vez el alivio.

La otra opción era quedarse esa noche en el apartamento, recordar las emociones del último encuentro con las nueve mujeres, dormirse entre sonrisas y miradas, o agregarle unos párrafos más a *El origen del mundo*.

Sabía que el hombre y la mujer nunca iban a encontrarse, porque el amor existe para no ser hallado. Pero ella seguiría escribiendo y él seguiría tratando de encontrarla.

Imaginó que la mujer llegaría a sentir tanto placer con la escritura, que muy pronto empezaría a escribir una novela. La supuso elaborando una compleja fantasía sobre un hombre que encontraba su placer en escribir sobre mujeres escribiendo.

Sin decidirse a abandonar el estacionamiento, llegó a imaginar los pormenores de la vida de aquel hombre, los desiertos calcinados, los minúsculos consuelos, la oscuridad y el sinsentido iluminados, y hasta le puso un nombre: Magnífico Delgado, el bueno y talentoso Magnífico Delgado, bebedor de rocíos, oteador de volcanes.

Ediciones *El pozo*
Oneonta New York